Dietmar Sous
Moll
Rotbuch 264

Dietmar Sous

Moll

Eine Erzählung

Rotbuch Verlag
Berlin

Die Arbeit des Autors an diesem Text wurde durch den Deutschen Literaturfonds e. V. gefördert

1.-6. Tausend 1982

Satz und Druck: Poeschel & Schulz-Schomburgk, Eschwege
Printed in Germany.
ISBN 3 88022 264 9

Für Nina, Engelbert, Wolli (bg, perc) & Robert Wyatt

Morgenandacht

Seine Träume verschlafen hat Moll: Von der Weckuhr flimmerwach gekreischt, begrüßt er, mäßig gereizt und fröstelnd, im Badezimmerspiegel sein Gesicht, eine zerschlierte Fläche, mittels ruckartigem Bewegen des Unterkiefers sowie Anspannen etlicher Wangenmuskeln vor dem Zerlaufen bewahrt. Seifenschaum, vermengt mit Zahnpastaspucke, die er oberflächlich auf Blutgerinnsel untersucht hat, weil er als starker Raucher eine Kehlkopf- oder Lungengeschwulst befürchtet, ätzt Schlafschleim aus den Augenhöhlen, kurz vor den Fünfuhrnachrichten.

Mattgetöntes Glühbirnenhalbhell lotet die Kälte des Küchenraums aus; tranig verebbt Streichmusik, eine makellose Stimme reiht Buchstaben aneinander: »... der Rhein bei N. ... um zweieinhalb Meter über Normal ...« Moll stützt seine Arme auf die Fensterbank und sieht dem pausbäckigen Mond beim allmählichen Verbleichen zu. »In dem vom Hochwasser heimgesuchten Gebiet gibt die derzeitige Pegelhöhe geringen Anlaß zu größerer Besorgnis, sicherheitshalber sind Vorkehrungen verstärkt und auf das Hinterland ausgeweitet worden.« Vor Wochen hat Moll auf dem Fabrikklo eine zerfranste Illustrierte gefunden und darin den Artikel eines, wie es hieß, weltberühmten Psychologen, dem anhand von mehreren tausend Testpersonen der Nachweis gelungen sei, daß intelligente Menschen in farbigen Bildern träumten, weniger begabte jedoch eisengrau. Eisengrau – kraus- und querzersägt wird sein Magen drei Atemzüge lang: Der arbeitstägliche, altvertraute Albdruck hat ihn überlistet, in dieser Küche

dämmerschläfrig zu erstarren, vom Straßenlärm erst geweckt zu werden und verspätet durch das Werktor rennen zu müssen, vorbei am hadernden Kopfwackeln des Pförtners.
Sieben Minuten nach fünf Uhr, LaLeLu-Gegeige pflanzt sich fort.
Fast verschluckt ist der Zahnpastageschmack; »Können Sie sich an Ihren allerersten Kuß im Mondschein erinnern?« fragt die Radiostimme. Das Unterhemd zwickt, Moll hat es seitenverkehrt übergestreift. Er setzt sich an den Tisch, blättert in der Sonntagszeitung; verwobene Balken, Schleifen, Häkchen, Striche schwimmen kraul. Vom Spülbecken her belauern ihn angekohlte Aschenbecher und Biergläser, halbvoll – Nachboten Kamps, des gestrigen Besuchers.

Kamps Anruf, völlig aus der Luft gefallen nach all der Zeit, erreichte ihn Freitag nachmittag; jener erkundigte sich, überschwenglich kichernd, ob die Kneipe, wo sie achtzehnneunzehnjährig gemeinsam jeden Abend vertrunken und nach Mädchen geschielt hatten, noch Bestand habe. Keine Worte fand Moll zunächst; einerseits überrascht, Kamps Tonfall im Handumdrehen als wohlbekannt entschlüsseln zu können, doch auch von der Ungewißheit bedrängt, was den anderen dazu bewogen haben mochte, längst verrauschte Tage wiederbeleben zu wollen, erwiderte er zögernd, es hausiere das Gerücht, aus der Kneipe sei ein Puff für Durchreisende geworden; Genaueres wisse er aber nicht. Kamp stöhnte wehmütig; im weiteren Verlauf des Gesprächs, das großenteils von ihm, der verjährteste Erlebnisse wachrief, bestritten wurde, machte er keinen Hehl daraus, daß er Moll ›einfach so‹, wie er sich ausdrückte, wiederzusehen wünsche; Moll willigte, dem Schwall an Freundlichkeiten nachgebend, umstandslos ein, und so einigte man sich auf den Sonntagabend.
Kaum hatte Moll den Telefonhörer aufgelegt, bereute er seine Unbedachtheit; mit Hitze im Bauch versuchte er, die Abwikkelung des Besuchs zu erraten und Sätze auswendig zu formulieren wie: ›Bist du ... immer noch ... oder ... hast du

... nicht mehr?‹ Dies übte er ein, indem er sie sich in mittelleiser Stimmlage vortrug.
Doch bereits bei der Bewillkommnung – Kamp war pünktlich auf die Minute eingetroffen – versagte Moll. Zwar war wenige Momente zuvor noch heißes Wasser über seine Finger getropft, zwar hatte er sie kräftig frottiert, um eine bessere Durchblutung zu erzeugen, aber beim Händeschütteln war sein Fleisch derart feucht und leichig, daß er dem alten Freund nicht in die Augen zu blicken wagte.
»Ich bin seit vier Jahren verheiratet ... Du lebst immer noch allein?!« rief Kamp hinterher, als Moll in die Küche eilte, seinen Puls zu ordnen und ein paar Bierflaschen zu holen.
Dann saßen sie sich gegenüber.
»Wie lange ist das her, unglaublich«, ereiferte sich der Besucher großlaut; Moll befand, Kamps Lachen sei wesentlich kantiger gediehen, nicht mehr so flaumschüchtern.
Hastig wurde Zeit gerafft, glatt gestriegelt und zerdehnt; aus ›zweimal‹ wurde ›immer‹ und ›einmal‹ war ›meist‹: Da sie damals zu wenig Geld für einen Rausch hatten, bestellten sie zwei Gläschen Schnaps der erschwinglichsten Sorte, lösten darin je fünf – oder waren es sechs?, ach egal – Kopfschmerztabletten auf, schlürften wagemutig die milchige Bitterbrühe und waren danach den Zechern ebenbürtig, die das Zwanzigfache in Rechnung gestellt bekommen hatten, ehe sie die Wohligkeit des Trunkenseins genießen durften.
»Ja«, ergänzte Moll anfeuernd, »und dann haben wir alle Frauen angequatscht ...«
»... mit ziemlichem Erfolg«, bestätigte Kamp selbstgefällig. Er hatte seine Kaufmannsprüfung mit der Note ›Gut‹ bestanden, war Filialleiter bei einer Drogeriehandelskette geworden: »Ich verdiene prima, da gibt es nichts einzuwenden. Wirklich nicht.«
Sie prosteten sich zu – »Wie in alten Zeiten«, sagte Kamp – und tranken in groben Zügen. Nebenbei bemerkte Moll: »Ich arbeite immer noch an der Schneidemaschine. Da gibt es nicht viel zu erzählen.«

»Die Bezahlung als Filialleiter geht in Ordnung«, nickte Kamp. »Und wenn es klappt, kann ich Bezirksleiter werden eines Tages. Mehr Verantwortung, mehr Streß, aber ich bin ein freier Mann, absolut.«

Mit Daumen und Zeigefinger massierte er sein rechtes Ohrläppchen, linkshändig kratzte er das Etikett von einer Bierflasche ab, zündete sich eine Zigarette an. »Und du?« fragte er.

Moll lächelte eingezwängt und tastete handpuppensteif nach seinem Glas, darauf bedacht, keinen Tropfen zu verschütten und beim Trinkvorgang schmatzende Laute zu meiden.

»Ja ... was soll ich sagen?« schluckte er mit Kleister auf den Lippen; Kamp zuckte die Achseln und ließ ihn mit seinem Verstummen allein, stufte ihn zum Erstkläßler herab, der ein Gedicht aufsagen sollte, das er unzureichend gelernt hatte, und der sekündlich einen schmerzhaften Tadel erwartete; dingfest gemacht, ja schuldig fühlte Moll sich, weil er die vorausgeahnte, nichtsdestotrotz peinigende Redekluft nicht zu füllen wußte, so sehr er sich auch um einen Satz – einen scherzhaften möglichst – bemühte. Kamps dröhnender Atem. Unentwirrbares Gedankengarn: Kein Fortkommen hatte Moll beizusteuern, keine über Jugenderlebnisse hinausgewachsene Rückbeschau vorzuweisen? Nichts Gegenwärtiges gab es, worüber beide sich hätten belustigen können oder grämen?

Moll bedachte, ein weißes Bettlaken über den Eindringling zu werfen, ihn, und sei es für die Dauer eines Lidschlags, unschädlich zu machen. Anfänglich ein Gespinst, wuchs sein Glaube an die Durchführbarkeit und das Gelingen eines solchen Handstreichs in dem Maße, in welchem das Aufnahmevermögen des Aschenbechers überfordert wurde: Bislang war ihm dieser auch als Zeitmesser dienlich gewesen – zwölf gekrümmte Mundstücke seiner Zigarettenmarke ergaben sichtbar eine bewältigte Stunde –, nun jedoch blieb nur, ihn zu säubern und damit die Uhrordnung zu zerstören oder andernfalls zuzulassen, daß Glutklumpen und Schlackenstaub beim Ausdrücken der Zigarettenreste auf die Tischdecke

schwappten und schmutzige Brandnarben in das Tuch schmorten.
Als Kamps Fingerkuppen plötzlich die Tischplatte betrommelten und er die Melodie eines Liedes pfiff, welches sie damals oft gemeinsam gehört hatten, schrak Moll zusammen: Verlegenheit übertünchend, ließ er, mittlerweile war sein Lächeln abgestanden, seinen Kopf plumpvergnügt zu den Pfeiftönen schiffschaukeln, und zum Schluß klatschte er, zu tollwütig, Beifall. Eine weitere Lücke wäre jetzt nicht mehr zu ertragen gewesen. Er preßte Finger an die Augenlider und sagte: »Seit Wochen bin ich arbeitslos. Gekündigt wegen angeblichem Arbeitsmangel.«
»Ach so.« Kamp verzog beileidig seinen Mund: »Ungelernte haben es schwer heutzutage. Das liest man oft.« Moll erhob sich, murmelte »aufs Klo« und lief in die Küche. Dort trat er mit Wucht einen Stuhl beiseite und war entsetzt deswegen, da er sich nicht rasend geglaubt hatte, bloß taub. Im Kreis irrte er, rauchte und überlegte, wie der Besucher den Krach, den der umstürzende Stuhl verursacht hatte, wohl gedeutet habe. Angelockt durch die Außergewöhnlichkeit des Geräuschs würde Kamp ihm sehr bald nachfolgen und Erklärung verlangen; Moll überwand abwägendes Zaudern, indem er einen Schuh auszog, diesen in entschlossener Hast gegen Wand und Türe schlug und, den Refrain des Liedes summend, ein zweites Mal, jetzt geplant, den Stuhl niederstürzen ließ. Fast gleichzeitig wickelte er von seinem Pullover abgezupfte Wollflusen in einen Fetzen Zeitungspapier, verließ dann, den Schuh unter dem linken Arm tragend, die Küche.
»Du schwitzt ja«, sagte Kamp. Er hatte das Fernsehgerät eingeschaltet, beachtete das Programm aber nicht, sondern blätterte in einer Sportillustrierten.
»Jaja«, antwortete Moll, »ich habe eine Spinne gejagt. Du kennst meinen Ekel davor, von damals. Nun habe ich sie.« Er wies auf das Papierknäuel, welches er abgestoßen zwischen den Fingern drehte.
Kamp drückte sich von der Sessellehne ab und bewegte sich

auf Moll zu – vielleicht wünschte er den erlegten Spinnenleib näher zu betrachten, sich mittels scherzhafter Äußerungen betreffs Form und Anzahl der Beine des Getiers an Molls Widerwillen zu weiden. Um ihm keine Gelegenheit einzuräumen, diese völlig nebensächliche Spinnenjagd gefährlich aufzubauschen, wich Moll auf die Toilette aus, wo er sich des Knäuels entledigte und seine Abscheu durch oftmaliges Betätigen der Wasserspülung glaubhaft verdeutlichte.

Mit frischem Bier kehrte er, dem Anschein nach beschwingt, ins Wohnzimmer zurück, schenkte dienstbeflissen ein und sagte: »Wir sollten uns wieder öfter treffen, nicht wahr?« »Mein Taxi«, sagte Kamp, als es läutete. »Ich habe es für elf Uhr bestellt. Und ruf mich mal an, vielleicht kann ich etwas tun für dich.«

Nachdem er fort war – er hatte seinen Mantel nicht angezogen, ihn lediglich über die Schulter geworfen –, riß Moll, leergeraucht und sattgelächelt, die Fenster auf, bürstete den Sessel, auf dem Kamp Platz genommen hatte und dessen Polsterung ihm quallignaß schien, ab, und nachts grübelte er im Wachschlaf, weshalb er sich verraten hatte.

»Schauerneigung ... in Höhenlagen mit Schneematsch vermischt ... um den Gefrierpunkt ...« Moll stopft das Butterbrotpaket, Sonntagszeitung und Thermosflasche in die Kunstledertasche und schaltet das Radio aus; tastet nach dem Haustürschlüssel, ein letzter Blick zur Uhr; abermals kurbelt er den Ausschaltknopf des Radios hin und her – Zweifel bleiben.

Draußen sprüht die Straßenbeleuchtung Funkenregen auf den Nieselwind. An der noch toten Kreuzung, wo übernächtigte Reklamefarben in Wasserpfützen baden, springt das Signal der Fußgängerampel auf Rot um; Moll lehnt seine Tasche gegen den Ampelpfahl und erwartet wie an jedem Morgen das Krampfen des Magens nach dem ersten tabakbeschwerten Atemzug. Im Mundraum macht sich galliger Geschmack breit, Müdigkeit liegt wie ein regendurchtränkter

Stofflappen auf ungeschützter Haut. Er wirft die Zigarette halbgeraucht neben einen Kanaldeckel. Laubblätter, vom Fuselatem des Spätherbstes angesengt, rotten, zu einem glitschigen Teppich geknüpft, dahin. Die Ziegelsteinkirche, noch dreißig Meter bis zur Bushaltestelle: Moll erkennt den Mann, der seine Haare mit Pomade, die nach Krankenhaussaal riecht, auf Silberglanz strähnt. Stumme Lippenregung, ein Nicken: »Das Wochenende ist immer so schnell zu Ende, was?«
Moll tut beschäftigt. Er betrachtet, Regentropfen, die auf seiner Netzhaut gelandet sind, wegreibend, die Auslagen eines Feinkostgeschäftes. Scheinwerferstrahlen fingern um die Ecke, ein überdrehtes Räuspern: »Na, dann wolln wir mal wieder.«
Moll entscheidet sich für den Sitzplatz an der Seite eines knitterfaltigen Alten, der eine erkaltete Zigarre nuckelt. Über Funk kratzt eine Papageienstimme: »An alle Linien! Es ist fünf Uhr zweiunddreißig. Fünf Uhr zweiunddreißig. Ende.«
Hauswände und Straßennamen, in Tarnfarbe getaucht, sieht Moll blind; Einstieg, Ausstieg: montagmorgenverschminkte Brauen, schon verwischt vom ersten Streit. Ihre Haltestellen sind ihm bekannt, Berufe rät er aus der Beschaffenheit ihres Äußeren – entzündete Schweißerpupillen bewundern manikürte Sekretärinnenfinger, welche Fahrscheine rollen. Druckfrische Zeitungen färben ab, und kaum jemand möchte beim Vorausberechnen des Tages gestört werden. Verwaist bleiben zwei Stammplätze an diesem Morgen, eine Unebenheit, die Moll irritiert, bis Preßluft die Doppeltür hinter ihm zuwürgt.

Schön wäre es, denkt Moll, auf eine stillgelegte Nebengleisstrecke abstechend, nie auf den Briefträger warten zu müssen, lediglich einmal im Monat den Kasten zu leeren – falls überhaupt beschriebenes Papier an ihn gesendet werden würde –, und ohne ein Wort gelesen zu haben, seelenruhig ein Feuerchen aus Kontoständen und Urlaubsgrüßen zu entfachen, sich auf die Schenkel zu schlagen und zu brüllen: ›O wie gut, daß niemand weiß ...‹ Jeden Tag um dieselbe Zeit mit einem Hund denselben Spazierweg abschreiten, sich dann und wann zigarrenpaffend daran erfreuen, wenn das Tier aus dem Tritt gekommen glotzt, weil Moll zur Täuschung eine verkehrte Richtung gewählt hat, spaßeshalber. Bei der Heimkehr stellen die Nachbarn, die er nicht zu grüßen braucht, ihre Zeitmesser nach ihm: ›Da geht er‹, sagen sie, ›es ist Viertel vor zwölf‹.

Hügelhaufen, von der Gleislinie zerfurcht; steil abfallende Böschungen, an deren Fuß Brombeersträucher, ausgelaugte, vom Eiswind plattgewalzte Grashalme und verwachsene Telegrafenstangen wuchern; fahlgescheckte Dunkel duftet nach zerbröselten Lorbeerblättern. Moll hockt auf Schottersteinen, raucht und spürt Nässe seinen Rücken hochsteigen; unversehrte Dornenranken kriechen über Schienen und Schwellen. Acht, zehn Jahre hat er das Lied eines englischen Musikers nicht mehr gehört, das unweigerlich, wurde es im Radio gespielt, seine und Kamps Lust angestachelt hatte, sich zu betrinken – im elterlichen Wohnzimmerschrank hatten sie eine angebrochene Flasche Eierlikör gefunden, widerlich süßes Zeug, gierig in sich hineingekippt: Begleitet von einer elektrisch verzerrten Hawaiigitarre und einem katzjaulenden Klavier war ein Mann besungen worden, der die ganze Nacht, geleitet vom morgengrauen Mond, einen endlosen Schienenstrang herunterläuft, weil seine Frau mit einem anderen Kerl abgehauen ist. Sie hatten sich den Song für zwei Gläser Bier von einem Oberschüler aus der Nachbarschaft eindeutschen lassen. Gestern abend hatte Kamp den Refrain zerhackt und einen neuen hinzugefügt: ›... Vielleicht kann ich etwas tun für dich ...‹

Moll schleudert ein paar Steine, nachdem sein Daumen die Schärfe ihrer Kanten geprüft hat, gegen einen der Masten, klemmt die Butterbrottasche unter den Arm und schlendert weiter, bis die Gleisstrecke in der Nähe eines Kuhtrampelpfades unversehens verendet.

Moll betritt die Werkhalle 12A eine dreiviertel Stunde später als in den vergangenen acht Jahren üblich. Ungestüm und lachend umarmt er Klafk, mit dem er, nicht nur, weil sie an derselben Maschine zusammengearbeitet hatten, so gut wie befreundet ist, brüllt »Unverändert alles, oder?« in dessen Ohr. Klafk antwortet mit einem klammen Lächeln, und auch Molls Verlangen, die Maschine doch für ein paar Minuten abzustellen, überhört er, stur weiterarbeitend.
Von weitem besehen, ähnelt die Schneidemaschine einer kraftprotzig geformten Heimorgel, spangrün, und obwohl sie weder über Manuale noch über Register verfügt, kann sie doch Musik machen: Migräneschrill ihr Motor, das ihn ummäntelnde Blech rumpelt baßstimmig und das Schneidemesser, welches dreißigmal in der Minute zuschnappt, klopft den Takt. Morgens um sechs Uhr, bei Schichtanfang, wird die Maschine bereits von einem Dutzend Paletten belagert, die mit talkumgepuderten Schwarzgummiplatten beladen sind. Eine Platte mißt einen Quadratmeter, ist fünf Zentimeter dick und zehn Kilogramm schwer. Auf jeder Palette stapeln sich stets siebenundzwanzig Gummiquadrate – weshalb gerade diese Anzahl bestimmt worden ist, hat Moll nie interessiert; ebensowenig, wie viele und welche Produktionsgänge vonnöten sind, daß am Ende einbaufertige Autofensterdichtungen daraus werden. Das Material ist nach seinem Härtegrad numeriert: von 100 bis 125, von käseweich bis betonfest.
Klafk nimmt eine Gummiplatte der geforderten Sorte vom Stapel, hält sie beidhändig in Nabelhöhe und drückt sie gegen die ein Meter zwanzig lange Walze, die, in der Mitte der Maschine aufgehängt, einen Durchmesser von zwanzig Zentimetern hat und deren Profil griffig aufgerauht ist. Das Gummi wird von der Walze – ihr Abstand zur Auflagenfläche beträgt vier Zentimeter – gepackt, angepreßt und zum Schneidemesser geführt; Walze und Messer sind dergestalt aufeinander abgestimmt, daß nach Durchschub von zehn Zentimetern Gummiplatte das Messer heruntersaust, einen Streifen längs

absäbelt und wieder hochschnellt. Der abgetrennte Streifen wird durch das nachdrängende Material weitergeschoben, fällt aber nicht wie bisher in den Drahtkorb, sondern in die ausgebreiteten Arme Molls, der halbgebückt die Gummistreifen auffängt und sie gleichmäßig in vier Fächer eines Metallbehälters zu verstauen beginnt. »Damit ich nicht aus der Übung komme«, ruft er Klafk zu. Doch bevor die Palettenladung fertig zerschnitten ist, eine Spalte des Lieferscheins abgehakt und der Kasten mit dem Hubwagen nach Halle 12B zur Weiterverarbeitung transportiert worden ist, hat Klafk die Maschine endlich doch ausgeschaltet.
»Hör auf mit dem Quatsch«, sagte er. »Du machst deinen Anzug ja ganz schmutzig. Außerdem werde nur ich für die Arbeit bezahlt.«
»Ist doch egal«, antwortet Moll und setzt sich auf eine Palette. »Komm, hock dich zu mir. Ist sowieso gleich Frühstückspause. Wir könnten unsere Butterbrote tauschen.«
Sorgfältig zerpflückt Klafk ein Zigarettenende, sagt: »Kapierst du denn nicht? ... Eigentlich wars ja auch ein Witz. Zu zweit an der Maschine, das schafft einer doch bequem, versteh mich nicht falsch. Daß das denen nicht früher aufgefallen ist...«
»Ach so«, sagt Moll und raucht an gegen Stiche in der Leistengegend; während Klafk die Maschine wieder lärmen läßt, packt er langsam, wie um auszukosten, was ihm widerfährt, seine Brote wieder ein.
Auf dem Weg ins Freie kommen ihm Arbeiter aus anderen Werkhallen entgegen, die zur Kantine eilen. Einige, darunter auch solche, mit denen er früher höchst selten Sätze gewechselt hat, bleiben stehen und blicken ihn an, auf der Lauer.
»Mir geht es besser als euch«, sagt Moll. »Ich habe jetzt meine Freiheit.«
Staub von ihren Jacken klopfend, lachen die Männer Spott: »Weshalb streunst du dann hier herum, statt dein freies Leben zu genießen?«
»Ab und zu muß ich euch im Dreck wühlen sehen. Danach

lege ich mich wieder ins Bett und denke: Diese armen Schweine.«

»Ha«, schreit ein Angehöriger des Betriebsrats, »und für so einen haben wir bis zuletzt gekämpft wie Löwen.«

»Reg dich nicht auf«, meint ein anderer. »Der lügt sich doch ins Hemd . . .«

Molls Gesichtsausdruck, den er sich unbeschwert, nicht trübsalschief aus der Fassung gesprungen, gewünscht hat, gerät, der Falschheit bezichtigt, ins Wanken; all seinen gewitzten Schlagfertigkeiten, mit denen er sich ihrem Ansturm zur Wehr gegrinst hat, scheint kein Erfolg beschieden zu sein. Gedankenkurz zieht er in Erwägung, ein Schild vor seinen Bauch zu hängen mit der Aufschrift ›Laßt mich endlich in Ruhe!‹.

Erst als die Sirene zur Weiterarbeit grellt, lassen sie ab von ihm – schlagartig ist er überflüssig geworden.

Nachdem er die Rückfahrt mit dem Bus auf halber Strecke abgebrochen hat, erfindet sich Moll vor Augen eine Kamera, für einen Film bestimmt, dessen Handlung einzig darauf fußen soll, das Blickfeld des Hauptdarstellers Moll beim Gehen durch unbekannte Landschaft abzubilden. Er konzentriert sich so vollkommen auf diese Rolle, daß er nach kurzer Zeit von sich in der dritten Person zu denken beginnt; deshalb schmelzen Klafk und die Wut, sich jenem einfältigerweise ausgeliefert zu haben, – überhaupt alles Kleinliche – weg, und wohltuende Leere stellt sich ein – Moll weht durch Rasenflächen und Ziergärten, mit Lattenkreuzen verbarrikadiert, winterkahl gemetzelt und verschandelt von harschen Schneesprenkeln. Dieselmotoren furzen, längst verdaute Sonntagssoßen hängen immer noch zwischen den Häusern. Weiter querstraßenein nagen leicht verstört die Augen eines Schulranzenkindes an seiner Stirn. Beschlagene Fensterscheiben, seifiges Wasser gurgelt, hinter einem Plastikvorhang duscht eine Hausfrau. Staubsauger fressen die Morgennachrichten, Federkissen, vor dem Lüften ausgeklopft, entspannen sich und Moll raucht das Mundstück seiner Zigarette.

Gegenüber der Kirche, ungefähr fünfzig Schritte entfernt, lockt ein Fachwerkrestaurant – vier Treppenstufen hoch, die Tür ist unverschlossen: Nelkensträuße auf bestickten Tischdecken, Obstkuchen neben großzügig bestrichenen Leberwurstbrötchen; es tanzen Tassen und Teller, denn aus Kellerfenstern dringt gedämpftes Hämmern, Anschlagen eines Bierfasses. Schmuck geschürzte Kellnerinnen sind noch nicht verschwitzt. Der Film reißt, als man Moll, den alleinigen Gast, nach seiner Bestellung fragt und ihn bittet, an einem der nicht reservierten Tische im Vorraum Platz zu nehmen: Nun riecht die Tasche aus künstlichem Leder in der linken Hand wieder unentwegt nach Fabrik. Moll stürzt auf sein Ich zurück, bestellt ein Bier und bezahlt sofort.

Stickige Laugenluft, eingemottet zwischen sparsam belichtete Flure, veranlaßt hundert Münder, sich um den Verstand zu gähnen. Der Pförtner, der schräg gegenüber von Moll in einer Glasloge die Wacht hält, mümmelt verstohlen Halbkreise in eine Brotscheibe, welche er nach jedem Biß, während sich seine hageren Kirchengangbacken vom gehetzten Kauen plustern, in eine Schublade wegschließt.
»Von Ruddi Päsch hab ich dir noch nicht erzählt«, sagt Kress. »Vielleicht sollten wir uns den zum Vorbild nehmen, statt hier um Arbeit zu betteln ... Päsch war Maschinenschlosser, wir arbeiteten in derselben Firma. War so ein unscheinbarer Typ, der wenig Worte verlor, ein richtiger Einzelgänger. Eines Tages, das ist jetzt bald vier Jahre her, lud er die gesamte Belegschaft, vierzig Mann, für Samstag abend in ein piekfeines Restaurant ein. ›Ich habe was zu feiern‹, sagte er, ›bringt eure Frauen, Kinder und Freunde mit, bezahlen werde ich.‹ Wir anderen faßten seine Einladung als Witz auf, aber er schwor, daß er es ernst meine. Eine Erbschaft habe er gemacht, und wir sollten mitfeiern ...«
Tage gab es, treiben Molls Gedanken zurück in die Fabrik, an denen das stumpfsinnige Brummknattern der Maschine und

Klafks Gewissenhaftigkeit, mit welcher er Gummistreifen in die Behälterfächer sortierte, Molls Nerven zerfeilte; Worte wie ›107er Material‹ oder ›Halle 12B‹ eklig nach sauer Aufgestoßenem schmeckten. Nicht auszuhalten, dachte er dann, die Achtstundenwand im Genick, ich mache einfach Schluß ab morgen. Die Folge war, daß seine Unlust sich beinahe in Luft auflöste und auch die unterschwellige Befürchtung arbeitsalltags, von ewiggleichen Bewegungen eingelullt zu werden und Materialzettel zu verwechseln, was zum vollständigen, von ihm zu verantwortenden Durcheinander in der Produktion geführt hätte.
»Hörst du mir überhaupt zu?«
»Erzähl weiter«, sagt Moll, »ich höre dir zu, wirklich.«
»Also gut: Ein Restaurant war das für die oberen Zehntausend. Außerhalb der Stadt, mitten im Wald gelegen. Ein riesiger Speisesaal mit Kronleuchtern aus Kristall – und nur für uns gemietet. Gegen acht Uhr waren wir vollständig versammelt, fast hundert Leute. Hatten uns alle ein bißchen schick gemacht. Keiner wußte mit seinen Augen wohin, es wurde nur geflüstert. Päsch saß unauffällig wie immer an einem Ecktisch, mindestens so verlegen wie seine Gäste. Jeder rechnete damit, daß er irgendwann aufstehen und sagen würde ›Tut mir leid, es war nicht so gemeint‹, aber dann marschierte plötzlich ein Bataillon Kellner mit meterlangen Tabletts auf – Truthahn, Hummer, Rehrücken mit wasweißich für französischen Soßen übergossen und flambiert. Vor Staunen traute sich niemand, etwas anzurühren. Da stand Ruddi Päsch auf: ›Bitte bedient euch doch‹, sagte er. ›Und trinkt Champagner statt Bier. Auf meine Kosten, ich habe geerbt.‹ Jetzt gab's kein Halten mehr: Austern, pfundweise, und mit Champagner nachgespült. Hemmungslos fast mit den Händen haben wir gefressen. Schnell reingestopft, weil jeder dachte, das ist ein Traum, das ist nicht wahr ...«
Jedesmal, will jemand eine Auskunft, schiebt der Pförtner geradeausgerichteten Blickes seine Schirmmütze zurecht, tippt das daraufgenähte Wappen an und läßt sich dann, auf das

Sprechgitter weisend, die Frage wiederholen. So ein blödes Arschloch, ärgert sich Moll noch immer.

»... und zum Nachtisch Eistorte, angeblich direkt aus Italien eingeflogen. Päsch selbst aß kaum etwas. Als sich alle krummgefressen hatten, ermunterte er uns, die Reste einpakken zu lassen. Anschließend spielte eine Kapelle zum Tanz auf, er hatte wirklich an alles gedacht. Ruddi tanzte zwar nicht, aber lachte ganz zufrieden. Und so ging's bis tief in den Sonntag hinein, und als der Champagner ausging, tranken wir eben besten Sekt...«

Alle Frühschichten fallen Moll ein: besoffen von Müdigkeit aus dem Bus wanken; Stechuhrstanzen, unterdessen wellte Gummi- und Benzingestank näher, versehrte seinen nüchternen Magen; fade Schweißhitze in den Umkleideställen roch nach angegrünter Urinbeize.

»... Die Woche darauf von Ruddi Päsch keine Spur. Die Polizei kam in den Betrieb, fragte uns nach ihm aus. Aber wir wußten ja auch nichts. Sie sagten, er habe das Fest mit einem faulen Scheck bezahlt...«

Ihr fester Absatzauftritt weist vorbeihuschende Behördenangestellte als aktenkundig aus; klobige Heizkörper rumoren. Eine Tür wird geöffnet; wer an der Reihe ist, erhebt sich und streicht vor Betreten der Amtsstube Bügelfalten glatt; man rückt nach.

»... nie mehr was von ihm gehört, außer einer Postkarte aus der DDR, die er an die Belegschaft adressiert hatte. ›Herzliche Grüße von Ruddi‹, stand da drauf, und: ›Jetzt wißt ihr, was Kommunismus ist.‹ Dabei war der bestimmt kein Kommunist, jedenfalls hat er nie was davon erzählt.«

»Jaja«, stöhnt Moll und fältelt die Nase.

Beim Herunterdrücken der Klinke streift ein Fingerknöchel vorsichtig die Täfelung der Tür und erspart so rauhes Klopfen; »Morgen«, nickt Moll, setzt sich unbequem eckig auf den angebotenen Stuhl, macht Angaben zur Person und zu den Umständen seiner Entlassung; er sagt »Nein« und »Ja«, händigt ein Firmenschreiben aus, enthält im Gegenzug mehrere

Formularblätter und wird mit einer vielstelligen Ziffer gekennzeichnet.

Unentschieden blickt der Sachbearbeiter an Moll vorbei, spricht von Krisenzeiten, die zu keinen allzu großspurigen Hoffnungen berechtigten, erwähnt Schulungsmaßnahmen, die einer Überlegung wert seien. An der Kuppe seines Eheringfingers klebt Pauspapier- oder Stempelschwärze. Eine bilderbuchverschneite Alpenlandschaft auf dem Kalenderblatt wird dem Jahresende gerecht: Zwischen Baumästen pinseln fette Winterstrahlen Spinngewebe. Zielstrebig tänzeln Finger über Karteikarten hinweg; in Molls Magen keimt Unruhe auf. Den Unterleib des Sachbearbeiters bildet er sich entblößt ein. Er sieht zu, wie dessen Glied in eine nicht umhaarte weibliche Scheide prallt, wieder und wieder, und trotz der Heftigkeit des Stocherns bleiben Anzugjacke und Miene völlig knitterfrei, korrekt.

»... Ich fragte, ob Sie besondere Fähigkeiten vorzuweisen haben, die bei einer etwaigen Stellenvermittlung ...«, verschallt es. Mit Gewalt bringt Moll die Zungenspitze mit dem Gaumen zur Deckung, sperrt beide Nasenflügel weit auf, erspart sich das Atmen; dann, nachdem er den tadeligen Blick des Mannes hinter dem Schreibtisch nicht mehr parieren kann, prustet er in sein Taschentuch: Behelfs dieses Verfahrens führte er als Kind das Bersten feinster Äderchen im Naseninnern und demzufolge sprudelndes Bluten hervor, wodurch er den Nachstellungen der Eltern und Lehrer entrückte. Nur selten, um die gewogen stimmende Wirkung nicht aufzubrauchen, schmierte er nach schwerwiegenden Verfehlungen seinerseits das Nasenblut während eines unbewachten Moments kurz vor der zu erwartenden Bestrafung auf seine Kleidung und alle ihm wichtig scheinenden Körperteile, bestürzte so die tobsüchtigen Erzieher, daß sie keine Hand an ihn zu legen wagten.

Diese Geschicklichkeit hat Moll verlernt: Unversöhnt beharrt der andere auf Antworten.

»Bist du sicher, daß du dich nicht in der Hausnummer geirrt hast?« sagt sie mit sanfter Strenge und versucht zu lächeln; Moll möchte rasch etwas Versöhnliches entgegnen – so lange sei es nun auch wieder nicht her seit seinem letzten Besuch –, doch dann kommt es ihm belanglos vor: Sie wird sein Gerede als solches enttarnen, und die Speichelblase, die sich zwischen seinen Lippen gebläht hat, zerplatzt. Ihre blutrot gemalten Lippen verwirren ihn; früher schminkte sie sich, ihre Scheu zu vertuschen, nur vor Behördengängen und sonstigen amtlichen Erledigungen, die ihr aufgebürdet wurden, weil der Vater, allem Unberechenbaren feind, vor Aufgeregtheit keine Unterschrift zuwege gebracht, geschweige denn ein Wort hätte sagen können. Unverändert aber die blaudunklen Ränder unter ihren Augen: sie kennt die Schlechtigkeit der Welt, und doch fällt sie aus allen Wolken, bewahrheiten sich ihre bösen Vorahnungen tatsächlich.
»Ich hoffe, du weißt den Weg zur Küche noch«, sagt sie. »Oder soll ich dich führen?«
Betäubend riecht es im Hausflur nach verdampftem Wirsing, ihrem herbsüßlichen Himbeerparfüm, welches sie stets versprüht, drohen die Tabakwolken des Alten überhandzunehmen, und mildem Klärgrubenessig.
Über dem wachstuchbespannten Küchentisch baumelt ein Fliegenfänger, ein dreiviertel Meter langer und einige Zentimeter breiter Plastikstreifen, umhüllt von leuchtend gelbem Pergamentpapier und beidseitig mit Klebeleim beschichtet; fugenlos reihen sich gedörrte Insektenleiber aneinander.
»Jetzt gibt's doch gar keine Fliegen«, sagt Moll.
»Ja ... du hast recht«, antwortet sie, »wir haben wohl vergessen, ihn wegzutun.«
Moll setzt sich auf den Stuhl neben dem Herd und massiert seine frostplumpen Finger, Hitze läßt Luft Schwimmbewegungen treiben: Der Kalksandstein, der winters vor dem Schlafengehen erst auf die Ofenplatte gelegt, darauf in ein

Tuch gewickelt und ans Bettende plaziert wurde, da Molls Zimmer, eine ehemalige Abstellkammer, nicht beheizt werden konnte; seine gekrümmten Zehen, die Stück für Stück der Glut entgegentänzelten, sekundenlang auf dem Stein Fuß faßten – wohliges Schauern –, bevor sie zurückschnellten; ein Gerangel jede Nacht, das am Ende er gewann.

Moll blickt auf Vaters Armlehnstuhl, von dem aus dieser einen Teil der Straße beobachten kann; daran schließt sich der Tisch an – der Alte braucht folglich zu den Mahlzeiten seinen Sitz nur geringfügig seitlich zu verrücken – und dahinter das Sofa: Um den Bezug zu schonen, ist es mit einer Wolldecke verkleidet worden; desgleichen wird die Decke gänzlich durch ein verwaschenes, nichtsdestotrotz sauberes Bettlaken in Schutz genommen. Moll überlegt, ob er jemals jemanden auf dem Sofa hat sitzen sehen. Als Wandschmuck hängen zwei großformatige, glasgerahmte Fotografien dicht nebeneinander. Die erste zeigt ein Kalkwerk mit zwei Steinbrechertürmen nebst der geschwungenen Unterschrift ›Zum 25jährigen Betriebsjubiläum‹, auf dem zweiten Foto ist dasselbe Werk zu erkennen, diesmal ragen fünf Türme hervor – ›Verliehen in wertschätzender Anerkennung zum 40jährigen Betriebsjubiläum‹. Die Zahlenangaben sind mit aufwendig gemalten Lorbeerkränzen umflort.

Unter diesen Bildern ist ein braunes Holztäfelchen genagelt, darauf goldene, zum Gebet verschränkte Hände aus Blech, Erinnerung an eine Wunderheilerstätte; auf dem Fernsehgerät grätscht eine Puppe im tüllenen Ballettkostüm. Moll erkundigt sich, eine Zigarette rauchend, nach dem Befinden der Eltern. Es gehe ihnen gut, erhält er zur Antwort, man könne nicht klagen.

»Aber du solltest mal mit Vater reden, auf dich hört er vielleicht. Der Arzt meint, er müsse unbedingt ins Krankenhaus. Sein Husten immer, das Zittern. Jeden Tag muß sein Bett neu bezogen werden, alles durchgeschwitzt.«

Sie legt Koksbrocken aufs Feuer, stochert betulich mit dem Schürhaken in der Glut herum; anschließend stellt sie den

Wasserkessel auf die Herdplatte. Regungslos gähnt die Kukkucksuhr, ein Düsenjäger beschleunigt.
»Weißt du schon? Pfarrer Wiep ist gestorben, den kanntest du doch auch. Hab die Todesanzeige, eine ganz große, ausgeschnitten. Warte ... irgendwo hab ich sie ...«
Sie öffnet Schrankschubladen, kramt zwischen losen Filterpapiertüten und betagten Ansichtspostkarten.
»Mach dir keine Umstände, es interessiert mich nicht«, sagt Moll.
Schlurfendes, unregelmäßig von der Stelle kommendes Kriechen und Keuchhusten im Flur; »Vater«, flüstert sie, »red mit ihm wegen des Spitals, ja?« Die Klinke wird heruntergedrückt, doch verstreicht geraume Zeit, bis der viereckige Kopf, das aufgedunsen gefleckte Gesicht des Alten durch den Türspalt hervorlugt. »Tag«, sagt Moll betont leise. »Aha«, schnauft der Vater, dem nun bewußt wird, daß seine Hose nicht zugeknöpft ist und die Träger schlapp machen – sogleich schließt er, von einem neuerlichen Brüllhusten gerüttelt, die Tür.
»Es dauert, ehe er sich beisammen hat«, erklärt die Mutter, gießt Kaffee ein und verteilt Margarine und Rübenkraut auf eine viertel Brotscheibe. Wiederholtes Rotzschniefen und Ausspucken hört Moll; das Krächzen eines Rasierapparates, Leitungswasser plätschert.
Endlich kommt er herein, übertrieben aufrecht und zügig sein Gang, lächelt Moll verkrampft um Nachsicht an und läßt sich, umständlich ein Stöhnen unterdrückend, auf dem Stuhl nieder.
Die Mutter beklopft emsig seinen Rücken, verscheucht dabei zugleich Haarschuppen und Flusen von seiner Jacke. »So, jetzt iß erst mal«, bestimmt sie.
Hände strampeln unbeherrschbar; folglich ergreift sie die Tasse, pustet gegen den Kaffeedampf an und führt das Trinkgefäß zu seinem Mund, der zaghaft nuckelt. Als er unruhig mit den Hüften zu wackeln beginnt und den Kopf nackenwärts beugt, setzt sie die Tasse ab. Es gelingt ihm, sein Ta-

schentuch zu fassen, die nasse Stirn zu betupfen – Moll achtet darauf, daß ihre Blicke sich nicht kreuzen. Derweil hat die Frau die winzige Brotscheibe in vier, fünf Häppchen zerkleinert und schiebt nun eines in den Rachen des Alten; einer hölzernen Nußknackerfigur ähnlich, stoßen seine unteren Zahnstümpfe auf die oberen, bei jedem Biß klappt sein Mund mechanisch auf und zu. Nachdem drei Brotstücke verschluckt sind und die Kaffeetasse halb geleert ist, brummt er: »Genug«, und zu Moll gewandt: »Schön, daß du da bist.«

Moll wiegelt ab, indem er eine wegwerfende Handbewegung tätigt, welche die Selbstverständlichkeit seines Besuchs zum Ausdruck bringen soll.

Nach der Zeitung greift der Alte. Ihr raschelndes Auf und Ab, bewerkstelligt durch seine flatternden Hände, veranlaßt ihn aber, sie flugs wieder wegzulegen; »Ist ja doch alles gelogen«, sagt er. Keuchend schluckt er, räuspert sich; seine Zunge beklopft den Gaumen, scheint eine Last beiseite zu schieben.

»Und wie geht's im Betrieb?« fragt er.

»Gut«, sagt Moll, »ganz gut. Immer dasselbe.«

Stellenweise haucht die Mutter die beiden Fenster des Küchenschranks an, kratzt dann mit dem Putzlappen darüber. Der Alte drückt mit seinem verwachsenen Daumennagel, der eingebettet ist zwischen ockerfarbener Hornhaut, eine Zigarettenkippe aus, bläst Tabaknebel weg, atemberaubt hustend.

»Seid ihr schon auf dem Weihnachtsmarkt gewesen?« fragt Moll, dem nichts Gescheiteres in den Sinn kommen will.

»Nein«, sagt sie, ohne Abstand von ihrer Putzerei zu nehmen, »Vater geht gar nicht mehr nach draußen, und was soll ich da?«

»Das ist doch auch nichts Vernünftiges mehr, heutigentags«, hechelt der Alte matt und klammert sich an die Stuhllehnen; Teeradern stechen aus den Handrücken hervor. »Ganz früher, ja ... da wurden Tanzbären gezeigt, richtig große Bären. Die hatten einen Eisenring durch die Nase gezogen. Daran war die Kette, womit sie gebändigt wurden« – er schneuzt

sich – »und die tanzten auf Kommando im Kreis, riesige Viecher waren das ... Auf glühenden Kohlen hatten sie das vorher üben müssen ...«
Seine zuletzt gesprochenen Worte münden in ein stoßweises, dumpf polterndes Bellen. Der Versuch, sich gegen den Anfall zu stemmen, scheitert: Seine Hände dirigieren krampflahm wirre Melodien.
»Es geht dir nicht gut, nicht wahr?« flüstert Moll.
Geschlitzt seine Augen, quetscht der Alte, angestrengt die Balance zwischen Ein- und Ausatmen wahrend, hervor: »Das hat nichts zu bedeuten ... Ich geh nicht ins Spital. Wenn ich da hingeh, kann ich ja gleich tot sein.«
»Da hörst du, was er mir antut jeden Tag«, sagt die Mutter zu Moll. Jäh beginnt sie, Tränen und Lippenrot in den Putzlappen zu weinen – Moll will aufstehen, weglaufen bis ans Ende der Welt; ihre Stimme verkümmert zu einem kaum mehr wahrzunehmenden Wimmern: »Was ist das denn für ein Leben hier ...«
Aufgebracht rutscht der Alte in seinem Stuhl herum: »Weinen«, rasselt er, »weinen nutzt doch nichts. Wie oft soll ich das noch sagen ... Als ich ein Kind war, da kam ich einmal mit blutiger Nase nach Haus. Irgendein Streit war da gewesen. Ich weinte, weil ich wollte, daß meine Eltern mich bemitleideten. Mein Vater fragte: ›Was ist passiert?‹ und ich blökte noch schlimmer und sagte: ›Ich bin verhauen worden!‹ Da sagte mein Vater: ›Dann wirst du noch mal verhauen, und dann kannst du noch mal heulen.‹ Ja, und dann kriegte ich noch mal eine Tracht Prügel, bis ich mich auf der Erde wälzte. Danach schnallte mein Vater wieder seinen Ledergürtel um, richtig würdevoll, streichelte mich und sagte freundlich: ›Merk dir das fürs Leben, mein Junge, wenn du ein Mann werden willst wie ich.‹ Und ich bin ihm dankbar dafür, glaubt mir das.«
Herausfordernd und außer Atem blickt er um sich; Moll beschwichtigt Unbehagen und nickt zustimmend: Während sich der Alte Zeit für seine Lieblingsgeschichte nahm, die er sei-

nen vierjährigen Sohn bereits auswendig vorbeten ließ, hatte Moll ›Wenn er doch schon tot wäre . . .‹ gedacht.
Längst hat die Mutter ihre Putzarbeit wieder aufgenommen, und der Alte ist in einen leichten Schlaf getaucht, da nickt Moll immer noch, und immer heftiger.
Zu Mittag – Moll hat es abgelehnt, daß eigens für ihn ein außerordentliches Sonntagskotelett gebraten wird – gibt es Pellkartoffeln mit Rote-Bete-Salat und Apfelkompott: Fahrig plättet der Alte seine eineinviertel Kartoffel zu einem trägen Brei, mischt diesen mit etwas Salat und Mus, verschluckt widerwillig eine schütter gehäufte Gabelportion und schiebt darauf, nachdem er umschweifig seine Nase geputzt hat, den Teller weit von sich: »Ich hab keinen Hunger . . . aber es ist lecker.«
»Iß doch!« mahnt die Frau flehentlich. »Du mußt doch was essen!«
»Laß ihn«, sagt Moll, um Verständnis werbend, »wenn er nicht will . . .«
Übergangslos herrscht sie ihn an: »Sei du doch ruhig! Kommst alle paar Monate mal, bist doch gar nicht mehr richtig unser Sohn!«
Sie springt auf – in Erwartung von Schlägen bedeckt Moll sein Gesicht –, reißt den Fliegenfänger von der Decke, sinkt darauf schluchzend auf ihren Stuhl zurück: Quer über die drei Teller fällt der Plastikstreifen, an Kartoffeln und Kompott haften Fliegenbeine und ein abgebröckelter Wespenkopf.
Zugepfropft Molls Magen, trotzdem kaut er entmündigt weiter, starrt auf ihren vornübergebeugten, daumenkopfdick kahlen Scheitel und wünscht, der Vater möge seine schwarze Lunge auskotzen, was allein die Stille auflockern könnte.

Advent

Weihnachtlich getönte Drehorgelmusik, von Straßengeschäftigkeit verstümmelt, regt Appetit auf heißverzuckerte Mandeln an. Bepackte schulen sich in Gänsemarsch und Ausweichmanövern, schneiden dem Schneewind eine lange Nase. Bevor Moll das Kaufhaus betritt, kramt er, mißtrauisch zur Seite blickend, sein Portemonnaie hervor und befühlt Münz- und Papiergeld. Für unabdingbar hält er diese Vorsichtsmaßnahme, seitdem ihm, fünf Jahre ist es ungefähr her, beim Bezahlen in einem Supermarkt zweiunddreißig Pfennige an der zu begleichenden Summe gefehlt haben: Das unvergeßlich demütigende Seufzen der Kassiererin, ihre verkniffene Willkür, sich mehrmals an die Stirn zu fassen und dergestalt um die einvernehmliche Empörung derer zu buhlen, die hinter Molls Rücken ungeduldig ›Wieso geht es denn nicht weiter da vorne?‹ riefen; der herbeibemühte Filialleiter, der die Hände wrang, und sich bei der Kundschaft wegen der Stokkung entschuldigte – und Moll hatte, seine Halsadern aufgepumpt, ins Irre gegrinst, einem entlarvten und zur Schau gestellten Kinderschänder gleich.
Auf der Rolltreppe fährt er ins Erdgeschoß, zur Süßwarenabteilung. Dort begutachtet er unschlüssig Stapel verschiedenster Pralinensorten, wandert von Regal zu Regal und ist zielsicher geschobenen Einkaufswagen ein Hindernis, wird geschubst und angerempelt. Da er zu schwitzen beginnt, nimmt er endlich die größte Packung, auf deren Deckel ein Strauß roter Rosen abgebildet ist. Er stellt sich an der Kasse an, zählt, sich noch einmal rückversichernd, sein Geld.

Plötzlich mißfällt ihm die Rosenverpackung: Die Pralinen sind ein Geschenk für Marlis, seine Bekannte, und die Verblümung könnte aufdringlich wirken, womöglich eine verklemmte Liebesbezeugung beinhalten – um Mißverständnissen vorzubeugen, legt er die Schachtel zurück und entscheidet sich für die nächstbeste, unverfänglich gestaltete. Wieder eingereiht, sieht er in buntes Silberpapier gewickelte Schokoladenweihnachtsmänner, die nahe der Kasse in einem Korb stehen; vielleicht belustigt es sie, überlegt er, wenn er sie zusätzlich mit einer dieser Figuren überrascht.
Moll ist zufrieden, als er die klebrige Schwüle der Verkaufshallen hinter sich gelassen hat.
Moll, jetzt in einer Spielhalle am Flipperautomaten: Er bolzt die Silberkugeln nicht grobwuchtig ins Spielfeld zurück, daß die Eingeweide des Apparates seekrank durchdrehen, sondern tippt sie nur leicht, aber raffiniert angeschnitten, an. Überlistet rasselt das Zählwerk Pluspunkte ab, und die Weltraumkönigin, welche den Kopf des Kastens ziert, sendet verführerische Augenblitze aus. Entscheidend ist das Ergebnis, das er mit der ersten der drei Kugeln, die je Durchgang verfügbar sind, erzielt; schafft er mit ihr nicht wenigstens ein Drittel der Freispielpunktzahl, verliert er das Interesse an den beiden verbleibenden Kugeln und sehnt sich nach einem raschen Neuanfang. Bis dahin kein Kampf mehr, Auszeit.
Weiter eilt er durch Straßen, den Plastikbeutel mit den Geschenken in der rechten Hand, in der anderen seinen Schlüsselbund, den er, als steuere er ein sehr nahe gelegenes Ziel an, zwischen den Fingern gleiten läßt. Unterbrechen auf Rot geschaltete Fußgängerampeln oder behäbig trottende Menschenverknotungen vor Schaufenstern und Würstchenständen seinen Lauf, dann spitzt er die Lippen, um ein unbekümmertes Gepfeife darzustellen, dem angespannten Gesicht zum Trotz. In den Telefonzellen, aufgestellt dicht am Eingang zum Krankenhaus, hocken Werbetafeln für Beerdigungsinstitute aufeinander.
Der Film habe bereits vor dreißig Minuten angefangen, sagt

die Frau an der Kasse, zum verbilligten Preis dürfe sie ihn nicht einlassen, doch beginne die nächste Vorstellung in einer knappen Stunde; Moll möchte sich nicht gedulden und bezahlt.

Kaum zu einem Viertel ist der Saal gefüllt; »Sie kommen genau richtig«, raunt ihm jemand zu, »wegen dieser Stelle sehe ich mir den Film immer wieder an«; Moll bedankt sich für angebotene Pfefferminzbonbons: Ein frischvermählter Herr mit krausem Schnurrbart und Lidzuckungen erhält von einem strauchelnden Diener die Hochzeitstorte in die Augen geschleudert, vorauf er, da ihm die Sicht genommen, auf eine zufällig offenstehende Falltür zustolpert und in der Versenkung verschwindet – zum Grauen der Braut, die das Unheil vorausgeahnt hat und in eine tiefe Ohnmacht geflohen ist. Der Unglückliche findet sich, weich gelandet, in einer Jauchegrube wieder, und wird, nachdem er dieser entstiegen ist, von der – ob seiner Tollpatschigkeit enttäuschten – fettleibigen Schwiegermutter mit einem Kochlöffel verprügelt; ein schielender Boxerhund schleckt ihm die Sahne aus dem Gesicht. Falsch gestimmt klimpert ein Kirmesklavier die Neunte von Beethoven, angestachelt vom Stechschrittlachen des Publikums.

Da Moll das Aufsuchen seiner Wohnung zu umständlich und zeitraubend erschienen ist, hat er in einer Drogerie ein Rasierwasser mittlerer Preisklasse gekauft, womit er auf der Toilette seines Stammlokals – zuvor hat er einige Sätze mit dem Inhaber über die unerklärliche Niederlagenserie des ansässigen Fußballklubs getauscht und ein Glas Bier getrunken – Gesicht, Hals, Achselhöhlen und Schambehaarung wohlriechend einbalsamiert. Danach hätte er am liebsten noch viel mehr Bier bestellt, aber er bezähmt sich, um nicht vom Wirt, zu dessen Geschäftsführung es gehört, seine Kundschaft in ein Gefühl der Vertrauensseligkeit zu plaudern, mitleidig gefragt zu werden, ob ihn, Moll, irgendwelche Sorgen bedrückten und er sich, von Mann zu Mann, auszusprechen wünsche.

Moll hatte, leichtsinnig nach einer Geburtstagsfeier bei Klafk, spätnachts noch eine Discothek besucht, wo er, einen Krug als Festhalt benutzend, auf verschränkten Beinen großfüßige Lässigkeit verstreute. Bald war er Marlis' gewahr geworden, die in Begleitung eines Pärchens an einem der Tische saß und, umhalsten sich die beiden anderen, lichtscheu in ihr Colaglas starrte. Moll hatte zunächst versucht, rücklings gegen den Tresen geaalt, eine Blickberührung herzustellen. So augenscheinlich losgelassen er seinen Kopf zu der knallauten Musik wippen ließ, er brachte kein Aufsehen ihrerseits zustande. Zwar hatte ihm ihre strenge Pagenfrisur überhaupt nicht gefallen, aber gerade deswegen rechnete er sich Chancen aus. Die Zigarette im Mundwinkel, die Stirn in Falten gezogen, was dem Grad seiner Entschlossenheit zusätzlich Auftrieb verlieh, hatte er sich, Bier verschüttend, zu ihr durchgedrängelt, »Guten Abend!« gegen die Lautsprechertürme angebrüllt, »ich meine, wir sollten uns zusammentun!« Sie war entschlossen, ihn zu übersehen und igelte sich ein, indem sie nach der Zitronenscheibe in ihrem Glas fischte. Rücksichtslos über abgelegte Motorradhelme und ausgestreckte Jeansbeine watend, hatte er sie auf die schwach belebte Tanzfläche geschleift, amüsiert ihre kaltblütigen, im voraus bestimmbaren Tanzschulschritte beobachtet. Später hatten sie nebeneinander gesessen, und er hatte sich im pausenlosen Erfinden zusammengestoppelter Geschichten überboten, geschrien, um sie von der Ernsthaftigkeit seiner Begeisterung zu überzeugen, daß er sie schön fände – sie tat es mit einem ruppigen Kopfschütteln ab – und sie gerne wiedersähe. Seine Küsse hatte sie geschehen lassen, doch entzog sie ihm ihre Zunge, die sie fest an den Gaumen preßte.
In dem Moment, da er ihr Namensschild an der Tür liest und die Kuppe seines rechten Zeigefingers den Klingelknopf berühren will, kegeln ihn jähe Vorahnungen aus der Bahn:
›Wie gehts im Betrieb?‹
›Wie solls schon gehen?‹
›. . . Nichts Besonderes?‹

›Nein, wieso? . . . Soll das ein Verhör sein?‹
Kindisch scheint es ihm nun, ihr den Schokoladenweihnachtsmann zu überreichen. Moll läuft ein stückweit Straße zurück, erwägt, die Figur einfach vor einen Hauseingang zu legen, aber letztlich wirft er sie in einen Abfallkübel.
Marlis umfaßt seine ausgestreckte, in der Hosentasche vorgewärmte Hand, und während er artig »Das riecht ja verheißungsvoll« sagt, schmiegt sie sich an ihn. Moll küßt, die Pralinendose gegen ihren Hinterkopf lehnend, ihren Hals.
»Schade«, sagt sie nach einiger Zeit und ordnet ihre Frisur, »aber das Essen brennt an.«
Er folgt ihr in die Kochnische, sieht ihr leicht gebückt, die Handteller auf die Kniescheiben gestützt, zu, wie sie den Zustand des Bratens überwacht und eine Soße anrührt. Weil er sich nutzlos vorkommt, zündet er sich eine Zigarette an und schlendert ins Wohnzimmer. Von Kerzenlicht beschattet, stehen bereits Schüsseln mit Salaten, garniert wie in der Kochbeilage der Fernsehzeitung, und eine Flasche Aperitif auf dem Tisch. »Ich bin gleich fertig«, hört er sie rufen.
»Und ich kann dir wirklich nicht behilflich sein?« heuchelt er Dienstbarkeit.
Ein Genießer will Moll nicht sein. Die Neugier auf kostbare, mit abenteuerlichen Namen verbrämte Speisen ist ihm ebenso fremd wie die elegante Handhabung des Eßbestecks – locker angewinkelt die Arme, Nasenflügel aufnahmebereit geweitet; er liebäugelt nicht mit jenem vorfreudig kreisenden Tellerrandschnuppern, verzücktem Gaumenschnalzen und speichelfeuchtem Zungenschlag; ausgeprägte Kaubewegungen, unter Berücksichtigung sämtlicher, auch unwegsamster Geschmackzonen, die erst den Gewürzen ihre Geheimnisse entlocken, unterläßt er – weniger aus Sorge, er könne sich verschlucken oder unziemliches Schmatzen offenbaren, sondern weil er dies als wichtigtuerisches Gehabe begüterter Feinschmecker, denen er keinesfalls gleichtun will, zu durchschauen meint. So verbrüdert er sich heftig mit seinem Vater, dessen Lieblingsessen Salzheringe waren. Jener verspeiste sie mit Stumpf und Stiel

– frisch aus dem Eimer, ohne die Innereien herauszuschaben. Allenfalls spülte er unter einem Wasserstrahl den ärgsten Salzdreck fort, ehe er die Fische grätenknackend und an einem Stück in seinem Schlund verschwinden ließ; ›Das ist gut für einen anständigen Bierdurst‹, versicherte er dann. Wochen vor Familienfeierlichkeiten – zumal, hatten sich Gäste angekündigt, die er nur weitläufig kannte – klagte er hinter gekrampfter Faust über Herzbeschwerden. Hatten sich dann alle eingefunden, versackte er in seinem Stuhl und ahnte tausend Blicke auf sich gerichtet, stemmte zitternd bleischwere Suppenlöffel hoch, sah die weiße Tischdecke fettäugig höhnen und Kartoffeln zu Boden purzeln. Mittendrin erhob er sich, flüsterte auf Zehenspitzen: ›Laßt euch nicht stören, bin nur eben mal kurz weg‹, und blieb anderthalb Stunden fort.
Sucht Moll mit Marlis schaltmonatlich und ausschließlich ihr zu Gefallen ein Restaurant auf, wählt er stets dasselbe Menü wie sie. Regelmäßig ärgert er sich dann über fingerhutwinzige Portionen, die, von erlesener Güte zwar, aber nur zum Kosten geeignet sind, jedoch nicht sättigen. Überhaupt ißt er vorzugsweise alleine. Feierabends bei laufendem Badewasser und Radiomusik, der er nicht zuzuhören braucht, Butterbrote oder schnell erhitzte Fertigsuppen aus der Dose; die Tageszeitung neben seinem Teller entfaltet, schlürft und schluckt er nach Belieben.
Vorsichtshalber geht Moll ins Badezimmer: In einem Wandschränkchen findet er eine Rolle Schmerzpillen. Er sammelt Spucke, entnimmt eine Tablette und zerbeißt sie, damit in den nächsten Stunden kein Kopfdruck ihn behindert.
»Paß auf!« sagt Marlis. »Die Teller sind heiß. Das Essen bleibt so länger warm.« In Silberpapier gebackene Kartoffeln hat Moll noch nie gesehen.
»Komisch«, sagt sie, Fleisch und Bohnen mundgerecht zerkleinernd, »neulich ist mir aufgefallen, daß ich kein einziges Foto von dir habe ... Eine Kollegin aus dem Laden zeigte Bilder von ihrem Verlobten ...«
Gereizt wetzt sich seine Zunge am gezackten Rand eines Bak-

kenzahnloches, in welchem sich Speisefasern verfangen haben, wund. Er trinkt ein paar Tropfen Aperitif, seine Stimme klingt geschröpft: »Ist das so wichtig? Außerdem sind wir nicht verlobt.«

Auf Farbbildern hat er immer gräßliche, vom Funken des Blitzgerätes geblendete Kaninchenaugen. Sein einfältiges, gegängeltes Grimassieren bringt Wäscheklammerzähne zum Vorschein, verbissen in wulstig gestraffte Lippen.

»Wir kennen uns fast ein Jahr«, beginnt Marlis wieder, »und . . .«

»Zehn Monate und siebzehn Tage.«

». . . und ich weiß eigentlich nichts von dir.«

Nach einer Weile Zeit sagt Moll: »Gut, dann sollst du alles von mir wissen. Ich war ein armes Findelkind. Saß auf einem Nachttopf im Straßengraben und langweilte mich. Vorbeiziehende Zirkusleute nahmen mich mit. Als ich drei Jahre alt war, trat ich als Ameisendompteur auf. Wurde weltberühmt. Mit fünfzehn schulte ich um auf Sargtischler, weil mir die ewige Zirkuswallfahrerei zum Hals raus hing. Und heute arbeite ich in der Gummifabrik. Wenn ich mich anstrenge, kann ich zum Präservativtester befördert werden.«

Sie ist lachend aufgestanden, hat sich auf seinen Schoß gesetzt und streichelt ihm das Haar aus der Stirn; »Weißt du schon, was du Weihnachten machen wirst?« fragt sie.

›An den Feiertagen kommst du doch?!‹ hatte ihm seine Mutter nachgerufen, weinerlich: Endgültig verbrannte Festtagsdüfte, Äpfel, auf roten Kohlen geschmort, verziert mit Rosinen und Vanillesoße, richtige Sahne im Nachmittagskaffee der Erwachsenen, Elternworte, während Moll den hochgetürmten Geschenkteller – Nüsse, Gebäck und Schokoladenfiguren – bestaunte: ›Den reichen Leuten geht es nicht so gut wie uns, die können sich nicht freuen. Die haben ja alles.‹

»Nein«, sagt Moll.

»Ich hab mir nämlich überlegt . . . vielleicht könnten wir gemeinsam wegfahren, nach Paris?«

»Die reden doch da französisch.«

Ihr Lächeln hat ein wenig an Glanz eingebüßt. »Aber es wäre schön«, sagt sie leise, gegen das Kerzenlicht anblinzelnd. Seitdem sie sich ihrer Schürze entledigt hat, schimmern ihre Brustwarzen durch den dünnen Blusenstoff. Moll hat die Gewißheit, daß sie Stunden vor seinem Eintreffen zwei Papiertaschentücher unter ihrem Kopfkissen verborgen hat, mit deren Hilfe sie bald seine Samenflüssigkeit auffangen wird; den naßklebrigen Klumpen wird sie, verschämt grinsend und sein Haar linkshändig zerraufend – in der Absicht, ihn abzulenken – unter ihr Bett werfen.
»Meinetwegen«, lacht Moll unvermittelt, »können wir auf immer wegfahren.«

Während der Busfahrt wird Moll in das Gemenge dreier Schüler, welche die Bank ihm gegenüber besetzen, hineingezogen. Der in der Mitte Kauernde läßt sich, eingeschnürt von seinen Kameraden und schwächlich mümmelnd, in den Schraubstock einspannen; Kneifspuren auf seiner Nase, erhält er Boxhiebe gegen die Oberarme und wird ein dämlicher Sitzenbleiber gescholten. Keinerlei Anstalten zur Gegenwehr treffend, bestiert er lidzitternd seine mickymausbebilderte Tasche, an deren Griff er sich einhändig festgekrallt hat, rollt andererseits einen Bleistiftstummel zwischen den Fingern.
Angewidert zerpflückt Moll den Fahrschein; der Versuch, interessiert die Maserung seiner Handrücken zu verfolgen und sich einzureden, daß die eintönige Balgerei ihn nicht berührt, schlägt fehl: Er beginnt den Prügelknaben zu hassen, möchte ihn am liebsten ebenfalls ohrfeigen. Trotzdem will Moll ihm eine Chance gewähren – seine zurechtweisenden, zornigen Winke sollen den Belagerten bewegen, sich unnachsichtig zu verteidigen.
Doch versandet diese Hilfestellung. Als die Angreifer dazu übergehen, vor seinen Augen Backen mit Kugelschreibertinte zu verunstalten, kann Moll es nicht länger aushalten: Er steigt

drei Haltestellen früher als geplant aus, nicht ohne dem Schüler »Du dummer Feigling!« zugeraunt zu haben.

Hinter einer breitbügeligen Lesebrille abgeschirmt, rätselt Kress kreuzwort, die Ellbogen auf den Küchentisch gepflanzt, dessen Oberfläche übersät ist mit aus Programmzeitschriften fein säuberlich herausgetrennten Preisausschreibenseiten – entwendet beim letzten Frisörbesuch –, Lottoscheinen und bereits adressierten Postkarten. An den Rand gedrängt ein Adventskranz, der sichtlich nadelt. Er wischt sich, bevor er Molls Hand schüttelt, an seinen schlabberigen Hosenbeinen ab, bietet einen Stuhl an und fragt: »Einen Schnaps gegen die Kälte?«

»Doch nicht so früh!« ruft seine Frau aus dem Nebenzimmer.

Tonlos deutet Kress an, daß es nicht lohne, irgendein Aufhebens um ihre Meinung zu machen.

»Na ja, wenn es sein muß«, sagt Moll.

Ihren Mantel zuknöpfend, erscheint die Frau, nickt Moll abschätzig zu und sagt in Richtung Kress': »Das Essen steht auf dem Herd, du brauchst es nur aufzuwärmen. Aber laß nicht wieder alles anbrennen, du versaust mir noch sämtliche Töpfe.«

Sie bindet ein Kopftuch um, faßt sich kurz ins Kreuz und geht; »Viel Spaß«, murmelt sie, ehe die Tür zufällt.

Bräunlich verlebtes Hochzeitsfoto: Kress grinst ungeschickt, die Frau hat lockengewickeltes Haar, sie lächelt ohne Abstriche.

»Eine Schönheit war sie damals, nicht wahr?« sagt Kress. »Und wild ... Heute muß ich sie regelrecht mit dem Brecheisen zwingen, daß sie schon mal stillhält.« Seine Papiere räumt er zusammen, steckt sie in einen Ordner. Plötzlich hält er inne und fragt: »Kennst du eine Stadt in Albanien mit sieben Buchstaben?« Bedächtig verneint Moll.

Er sieht Kress mit verdrehten Augen den Körper der Frau gefangen halten, hört und schmeckt, wie dieser, ranzige

Schweißperlen ausscheidend, ihr seinen magensauren Zigarrenatem ins Gesicht schlägt, faltigalt und fetthäßlich. Moll gelingt es, Erbrochenes im Mund zu behalten und mit ein wenig Schnaps verdünnt zurückzuwürgen.

Der Wirt, ein speckschwartiger Wal, schneuzt sich unwirsch in ein fahnengroßes Taschentuch und wirft böse Blicke auf die Kellnerin, weil sie ihre Fingernägel, deren Lackierung sie soeben beendet hat, im Luftstrom des Ventilators trocknet und keinerlei Bemühen an den Tag legt, den wenigen Gästen gezapftes Bier zu reichen. Moll hat Frikadellen mit viel Senf bestellt, dazu Bier und Weizenkorn.

»Bis vor kurzem war ich stolz darauf, nie zu spät zur Arbeit gekommen zu sein«, sagt Kress. »Wenn ich Grippe oder ähnliches hatte, hab ich mich im Betrieb auskuriert. Jetzt denke ich, daß ich ein verfluchter Idiot gewesen bin.«

Er erhebt sich, steckt eine Handvoll Groschen in den Schlitz eines Münzautomaten und setzt sich wieder zu Moll, ohne dem Räderwerk aus Zahlen und Spielkartensymbolen, welches er in Gang gebracht hat, weitere Beachtung zu widmen.

Einen Schluck Schnaps im Mund bewahren, sein wohliges Brennen mit kühlem Bier dämpfen, beide sich herbsüßlich vereinigen lassen. Moll bläst genüßlich Zigarettenrauch aus Nasenöffnungen.

»Das Schlimmste ist«, sagt Kress, Senf von der Serviette ableckend, »daß ich den Personalchef angefleht habe, nachdem ich von der Kündigung erfahren hatte. Hab gebettelt, ob die mich nicht dabehalten könnten. Hab sogar angeboten, daß sie mir eine Mark weniger Stundenlohn geben sollen. Diese Erniedrigung!«

»Ja, die Krise«, sagt Moll und gähnt lau.

Ungezwungen möchte er einfach dasitzen und Bier trinken; jedoch im Hinblick auf Kress' nörgelndes Gehabe besorgt, dessen schwarzseherische Äußerungen könnten auf ihn, Moll, allmählich ansteckend wirken – am Ende gar ein schlechtes

Vorzeichen für seine Bewerbung um einen neuen Arbeitsplatz in sich tragen –, schlägt er ein Spiel vor: Die Karten werden gemischt, zu einem Stapel geformt und abwechselnd soll eine Karte aufgehoben und offengelegt werden – wer als erster zwei Buben zugelost bekommt, verliert und muß eine Runde Bier in Bestellung geben, und so weiter, in einem fort.
»Je t'aime ... mois non plus«, stöhnt es leicht kratzig aus der Musikbox.

Nicht viel los an diesem Nieselregennachmittag: Gelächter wie leere Konservenbüchsen, Lautsprecher zerstampfen Schlagermusikfanfaren, und bonbonrote Lämpchen leuchten nur vereinzelt über Hauseingängen.
Moll hat die Blonde mit dem luderlichen Rock und den Netzstrümpfen in näheren Betracht gezogen, doch will er anstandshalber erst handelseinig werden, sobald Kress seine Wahl getroffen hat. Pfützen leer fegt ein Taxi; am oberen Ende der Gasse torkeln beide auf der Stelle. Kress rülpst Bierschaum hoch: »Drehn wir noch mal ne Runde?« Unter der Hausnummer Fünf schimpft eine Toupierte in Stöckelschuhen und Pelzjacke – ihr Laufsteg ist mit Zigarettenkippen gepflastert – über die Kälte.
»Na, kommt schon her!« ruft die Frau ihnen zu. Zwischen geschönten Lippen flattert eine Froschzunge, schief angeklebte Wimpern twisten widerstehlich. Moll stellt sich taub. Als ihm ein regenschirmschwingender älterer Herr entgegenschlendert, verkneift sich Moll ein Kichern.
»Ehrlich gesagt, hab ich momentan mehr Lust auf nen Salzhering.«
»Halts Maul!« wehrt Kress ab. »Wo wir schon mal hier sind ...« Die Blondine streichelt jetzt ihre entblößten Oberschenkel: Zagend beginnt Moll in ihre Richtung zu gehen, einen Fuß vor den anderen setzend, dabei um den Anschein der Arglosigkeit bemüht. Einige Male blickt er sich nach seinem Begleiter um oder läßt sich von einem vorbeifliegenden

Vogel bannen. Keuchend folgt ihm Kress, denn dieser hat dieselbe Frau auserkoren ... Ein Auto braust heran, Kress weicht unentschlossen zurück und Moll hat gewonnen.
»Wieviel?« japst er.
»Fünfzig«, sagt sie, eine Zigarette wegschnippend, »mit allem Komfort. Gehn wir, draußen ist es kalt.«
Ein letztes oberflächliches Begutachten, der Form halber: Moll nickt zustimmend.
Neben dem Bett, das ein Klappsofa ist und an dessen Kopfende mehrere Kissen mit eingestickten Autokennzeichen liegen, steht auf übereinandergeschichteten Zeitungen ein eingeschaltetes Fernsehgerät: Fliegensummen, das Testbild wackelt. Verbrauchte Tapeten, von Feuchtigkeit ausgebeult. Einziger Schmuck das Plakatfoto einer Nackten, die eine Peitsche zwischen den Zähnen hält. Es ist gänsehautkalt.
»Fünfzig und acht Mark Zimmergeld«, bestimmt die Blonde und öffnet ihre Handtasche aus Krokodilleder. Zwei Fünfzigmarkscheine reicht ihr Moll, sagt: »Sechzig.« Sie läßt die Scheine, nachdem sie sie glattgezogen hat, in den Bauch der Tasche fallen und sagt: »Ich habe kein Wechselgeld, leider. Zieh dich aus.«
Moll kippt auf die Kante des Sofas und entkleidet sich folgsam, während die Frau, den Rücken ihm zugewendet, an einem winzigen Tisch nahe der Tür Platz nimmt und Kaffee in einen Becher gießt. Ob er sich auch der Socken entledigen soll, überlegt Moll, aber bevor er zu einer Entscheidung gelangt ist, bemerkt er das Verschwinden des Testbildes.
/ Ihre durch den Blusenstoff hervorragenden harten Brustwarzen reiben sich an seinem atemberaubend schlechtrasierten Gesicht / fantastisch sieht sie aus und sehr verderbt / Küsse zergehen auf der Zunge, messerspitz / behutsam, aber kraftvoll greift er in ihren transparenten Büstenhalter / betastet ihre Brüste, die geschmeidig fest und groß sind, gleichzeitig mit Zunge und Samtfingern / er streift ihren Rock ab / ihr Slip gleitet ohne sein Zutun an ihren gut gebauten Beinen hinab / heftig und erfahren lutscht sie seinen Riesenschwanz /

sie sagt nichts, denkt nichts, überhaupt nichts / stöhnt nur »Ooooh« und »Aaaah« / zwei Sekunden nach seinem Eindringen, seinem ersten stählernen Stoß / hat sie bereits den Höhepunkt überschritten / auch er explodiert / wozu er ihre Brüste knetet, in ihren Hals beißt / wenige Augenblicke danach stachelt er sie erneut an, diesmal mit seiner Zunge, unerschöpflich / –

Moll starrt auf seine gekrallten Zehen. Sie riechen muffig, Wollflusen stecken zwischen ihnen. Immer schon ist er schamhaft bei der Beschau seines Körpers gewesen, hat selbst geringfügige Blößen – kurze Sommerhosen oder Sandalen unbestrumpft – gescheut. Auch wegen der niedrigen Zimmertemperatur zieht er die Socken wieder an.

Zwei Schritte bis zu ihr, dann drückt er beide Hände fest gegen die Brüste der Frau, beißt in ihren Hals. Sie fragt ihn nach der Uhrzeit, lädt ihn zu einer Tasse Kaffee ein. Moll erschrickt. Angesichts seiner Nacktheit fühlt er sich plötzlich erkannt, mit Leichtigkeit abzuschätzen. Obgleich sie ihm weiterhin unbeirrt den Rücken zukehrt, verbirgt er sein Geschlecht rechtshändig, tappt zum Sofa zurück und sucht nach Kleidungsstücken, die er, gänzlich gegen seine Gewohnheit, zu ungeordneten Klumpen verstreut hat. Beim Ankleiden vermeidet er jegliches Geräusch, lediglich der Reißverschluß seiner Hose schrillt ein wenig, als er hochgezogen wird.

Dermaßen flimmert das Testbild, daß Moll schwindlig zu werden droht. Die Frau schlürft ihren Kaffee. Draußen, auf dem Treppenabsatz, spuckt er mundtaub aus.

Straßenbahnen quengeln sich den Weg frei und Waschmittelreklamen blecken strahlendweiße Zähne. Auf einer Hebebühne schweben Arbeiter, die Sterne aus gebündelten Glühlämpchen installieren, mit windgeblähten Hosen durch die Luft. Rentner, rotbläulich ihre Backen, bereden vor einer Großbaustelle die Qualität verschiedener Zementsorten oder verfolgen, selbstvergessen gegen die Absperrung gestützt, jede Schwenkung der Bagger und Kräne. Reißaus nehmen Zottelhunde vor quietschenden Sportwagenreifen. Unterwürfiges

Rosinenlächeln einer Zeugin Jehovas; Moll schmeißt den dargereichten Zettel außer Sichtweite in einen Abfallkübel. Nikotingelee auf der Zunge, verzögert er Zeit, überquert den Weihnachtsmarkt, wo Schreihälse Vorfreude feilbieten und Schwaden erhitzten Weines und Pfannkuchenzimt ihm den Atem verschlagen.
Mürrisch knurrt der Wal hinterm Tresen: »Noch 'n Bier und 'n Korn, nicht?«
Kress' Kinn ruht auf der Platte eines Ecktisches. Als er Moll erkennt, strafft er sofort seine Haltung. »Bin auch eben erst gekommen, vor ner knappen halben Minute ... War bei ner Negerin, höchstens achtzehn war die, ich kann dir sagen! Fertiggemacht hab ich die ... 'ne Negerin! ... Zwar weiß ich jetzt nicht, wovon ich meiner Frau ein Weihnachtsgeschenk kaufen soll, aber ...«
»Moment«, sagt Moll lustlos, »ich erst von hinten, dann von untendrauf und so weiter ... Die hat mir sogar das Geld zurückgegeben und noch 'nen Fünfziger dazu, so hab ich die bedient!«
Weibsbilder und appetitliches Bierhahnzischen lassen Wasser in Mündern zusammenlaufen. »Wir beide«, strahlt Kress, »einmalig, was!«
Nach der Einnahme von zwei Tabletten gegen Kopfschmerzen und einem Vollbad in kaltem Wasser erlangt Moll allmählich die Besinnung wieder. Kurzfristig fühlt er sich erfrischt, doch spätestens, als er sich nach der Zahnpastatube bückt, die seinen fahrig ins Leere zappelnden Händen entglitten ist, merkt er, beinahe einen Purzelbaum vornüber turnend, daß er die Ausdünstungen der letzten Stunden nicht schulterzuckend wegwaschen oder mit Hilfe eines Pfefferminzmundwassers ungeschehen gurgeln kann. Er hält sich, das Gleichgewicht ins Lot zu bringen, am Waschbecken fest und zieht seinen Körper hoch. Harzig ist die Haut geblieben, sein Gesicht glüht, schnapsdümmlich. Unregelmäßig schlägt das Herz zu, manchmal täuscht es trickreich vor, für immer unbeweglich zu sein. Moll tastet dann angstwild beidhändig

den Brustkorb ab, ortet den Puls: In Anspielung auf vergangene Zeiten hört er Kamp ein Lied trommeln, das nirgendwo mehr hingehören wird. ›Zieh dich aus‹, sagt die Frau und taucht unter das Dunkel ihres Zimmers. Des Sachbearbeiters flinke Finger werden, kaum glaublich, fündig, ziehen eine Karteikarte – trotzdem schimpft Kress, es habe alles keinen Zweck. ›Zieh dich aus!‹ befiehlt sie, und Moll reißt das Badezimmerfenster auf, läßt sich vom Durchzug trocken reiben. Abermals wäscht er Gesicht, Achselhöhlen und Unterleib, besprengt sich mit Rasierwasser; seine Kleidung wechselt er, die Schuhe ausgenommen, vollständig.

Samstagvormittags verliert die Straßenbrandung, die tagein Fensterscheibenglas in aufreizend sirrende Schwingungen bebt, für Moll beträchtlich an Ärgernis. Er hat ein Rosinenbrot gekauft und es in vier gleich große Stücke zerteilt. Vor jedem Zubeißen schnuppert er ausgiebig an der süßwürzigen Ofenfrische, verspeist dann die lockere Weiche, mit den Fingern herausgebrochen und platt geknetet, und widmet sich zuletzt der aufgesparten Kruste, die ihm angeschwärzt gebacken am vorzüglichsten mundet. Das Brot kauft er wechselweise in einer der insgesamt sechs innerstädtischen Konditoreien, was gewährleistet, daß er sich den Verkäuferinnen kaum einprägt und sein Begehren deshalb nicht mit eingeweiht vertraulichem Unterton, der kein Widersprechen duldet, festgestellt wird, noch ehe er es geäußert hat – ›Ein Rosinenbrot, wie immer samstags‹, ohne Frage.
Während er kauend die Beschaffenheit des Gebäcks und der Rosinen abschmeckt – sie müssen bitterhauch sein, nicht saftig –, hört er Radio, stets ausländischsprachige Sendestationen, damit ihm stündlich eingeblendete Nachrichten, die den Tag verurteilen, bevor er angefangen hat, nicht in der Achtsamkeit auf sein Morgenessen stören. Nach einer vertilgten Scheibe Brot zupft er Krumen von der Tischdecke, streckt sich geräumig; raucht, bar jeder Hast, eine Zigarette,

die er fertigt aus Tabak und einer goldumrandeten Seite feinsten Papiers, mit einer Rasierklinge von seinem seit langem nur auf diese Verwendung beschränkten Gebetbuch abgetrennt. Da die übliche Gummierung fehlt, muß er den Falz ständig mit Speichel bestreichen, damit die Zigarette nicht auseinanderbricht.

Unter sein Samstagsgefühl kann er jetzt wohlgemut schlüpfen, verblichene Wochenenden rückbeschaulich bunt malen, dabei strenge Obacht gebend, daß mißhelligbraune Töne ausgemerzt bleiben. Violett, die erwählte Farbe, hatte sich immer an Samstagen und -nächten ereignet: Violett duftete der Apfelkuchen, in der Frühe von seiner Mutter nach überliefertem Rezept mit kräftiger Kruste und viel Zimt gebacken, während er noch im Bett lag und die Stechuhrwoche wegschwitzte. Violett schillerten die nachmittäglichen Fußballreportagen aus dem Radio, die Nachfragen des Alten: ›Gewinnt die Eintracht?‹ – jener Verein, für den er, ansonsten nur mild am Sportgeschehen interessiert, Partei ergriff. Ein Stunden vor dem Waffenstillstand im letzten Granathagel krepierter Kriegskamerad, der ihm anno dreiundvierzig im Verlaufe einer Kesselschlacht – unter von Bericht zu Bericht stetig heldenhafteren Umständen – das Leben gerettet hatte, war gebürtig aus Frankfurt gewesen. Das leuchtendste Violett aber behält Moll Nora vor, sie vervollkommnet er mit behutsamstem Gedankenstrich: Ihr Begleiter, ein Student mit Baskenmütze, hatte eine frühere Freundin erkannt und sich sogleich mit dieser in einen Kerzengruftlichtwinkel des Partykellers zurückgezogen, wo sie Alterlebtes zu palavern begannen. Moll, dem nichts entging, da er der Tür gegenüber hockte, schied neu eindringende Gesichter in feindliche und weniger unangenehme. Gerade sortierte er, sein Beobachten zu überspielen, einen Stapel Schallplatten alphabetisch nach den Anfangsbuchstaben der Musikanten, als Nora mit der Stiefelspitze gegen sein linkes Bein stieß und ihn wegen des Flaschenöffners ansprach. Er nahm ihr die Bierflasche aus der Hand, steckte, um ihren Blick feilschend, die Verschlußkapsel zwischen zwei Eckzähne und entfernte sie in einem Ruck. Dann erhob er sich kühn und wohl wissend, daß dieser Bauarbeitertrick beeindruckte, reichte ihr die Flasche zurück – wie unbeabsichtigt berührte sein Handrücken eine Strähne ihres langen Haars. Nora schwieg, blieb aber in Molls Nähe, und weil ihm nichts von Bedeutung einfiel, erzählte er ihr die Höhepunkte eines Banditenfilms, den er am Vorabend im Kino gesehen hatte, ahmte das Peitschenschwirren der Revolverkugeln und kehliges Graulen, das beim Halsabschneiden zu hören war, nach. Ihre gelegentlichen, zweifelnden Augenmerke auf den sich amüsierenden Begleiter durchschaute er, doch obwohl er sich allmählich kindisch vorkam, versuchte er sie mit einem weiteren Film, diesmal plünderten, mordeten und brandschatzten Piraten, zu fesseln – nicht, einen wirklichen Flirt anzubahnen (ihre Schönheit sprach gegen ihn), sondern um sich später an den neidischen Fragen seiner Freunde, was er denn mit einer so fantastisch aussehenden Frau zu bereden gehabt habe, stillschweigend berauschen zu können. In der Tat fing er bereits, hielt er den Kopf einmal nicht zu Nora gedreht, die immer noch, wenn auch ausdruckslos, an seiner Seite stand, manches anerkennende Gesichterschneiden ein. Moll änderte den Gegenstand seiner Unterhaltung, erfand sich selbst, schwang sich hoch zum siegreichen Verlierer, kämpfte beholfen gegen die Willkür von Fabrikvorgesetzten und anderen Peinigern.

Plötzlich, das Orgelvorspiel von ›A Whiter Shade Of Pale‹ schwoll an, jauchzten alle Partygäste auf, fielen sich um den Hals und glitten alsbaldig auf himmelblauen Wolken dahin. Nach einer Flasche Whisky, die auf einem Tisch hinterblieben war, griff Moll, ließ seine Mundwinkel gegen die hochprozentige Schärfe sperren, sagte darauf einen Satz aus einem Buch, der ihm gefallen hatte: Es sei todwiderlich, wenn alle zur selben Zeit dieselbe Seligkeit offenlegten.

»Du gehst mir auf die Nerven«, meinte Nora. Überraschend – Moll war nach dieser Erwiderung völlig verstört – faßte sie ihn bei der Hand und führte ihn an den Engumschlunge-

nen vorbei die Kellertreppe hinauf. Sie stolperten in ein Zimmer, in welchem die Eltern des Gastgebers angespannt dem wöchentlich vom Fernsehen gesendeten Lotteriespiel beiwohnten – »Entschuldigung«, sagte Moll –, liefen weiter zur nächsten Kammer. Ein Dutzend ausgestopfter Tiere war dort reihum abgestellt: Eichhörnchen, Füchse, ein Waschbär standen glasigen Blicks aufrecht und hielten, ihrer Größe angepaßt, Tabletts für Aschenbecher und Trinkgeschirr in Brusthöhe.
Moll bot Zigaretten an; Nora nahm eine, zerknickte sie und überließ sie dem postkartenwinzigen Servierbrett eines dienernden Eichhörnchens.
»Eines Tages werde ich in einen Bäckerladen oder eine Metzgerei gehen und Turnschuhe, Nummer zweiundvierzigeinhalb, verlangen«, sagte Moll. »Doch darf ich nicht mutbetrunken sein, weil dann alles umsonst wäre.«
»Ich werde dich begleiten, falls du nichts dagegen einzuwenden hast«, erwiderte Nora. Sie hatte die Tierpuppen so umgedreht, daß deren Ersatzaugen nur die Wand zu bestarren vermochten, darauf ihr Kleid ausgezogen und damit den Vogelkäfig verhängt. Moll rollte seinen Pullover zu einem Kissen, das er ans obere Ende des Teppichs plazierte. Als ihre Brustspitzen seine Haut trafen, wäre er beinahe schon übergeschnappt – mit Not gelang es ihm, die Lust dadurch zu dämpfen, daß er in Sekunden unerträglichsten Wahnreizes auf einen Fuchsrücken glotzte und sich Noras Freund vorstellte.
Auf der Kellertreppe, bevor sie wieder von eingedickter Luft empfangen wurden, verließ sie ihn – für einen Moment, wie sie sagte. Die Whiskyflasche findend, setzte er sich auf einen leeren Bierkasten und wollte Nora nicht mit dem Baskenmützenstudenten, der unstet verschlafenes Schulterzucken äußerte, reden sehen. Nach etlichen Schlucken ging er, die Flasche hart gegen die rechte Hüfte gepreßt, auf die beiden zu, küßte flüchtig Noras Haar, sagte: »Ich weiß, es war nichts Ernstes. Du brauchst dir keine Sorgen zu machen, nein. Wirklich nicht.«

»Doch«, erwiderte sie, »es ist mir ernst ...«
»Mach dir nichts vor!« lachte Moll. Erst nachdem er dies ausgesprochen hatte, begriff er ihre Worte, begriff, daß er sich verrechnet hatte. Aber jetzt, entschied er, gab es für ihn kein Zurück: Wie im Film ließ er seine Träume zerfallen, denn so mußten Niederlagen sein – scheinbar reibungslos ertragen, ohne Forderung und Rechthaberei, aufgespart für die Stunden des Alleinseins. Nora umfing seinen Mund, er stieß sie fort, überwältigt, begann zu laufen, zunächst noch langsam, dann stetig leidenschaftlicher: Ihr Parfüm auf seiner Haut färbte die Nacht violett. Der Samstag ist allen übrigen Wochentagen hochhausüberlegen.

Ist der letzte Bissen seinem zufrieden blubbernden Magen anheimgegeben, der vierte Tabakstummel weißgrau im Aschenbecher zu Ruß geworden, mithin auch Litaneien und Beichtspiegel, beginnt er gemächlich, aber konzentriert, mit einem wenig befeuchteten Putzleder Staub von den über vierhundert vormaligen Senfgläsern abzuwischen, welche alle Etagen des Küchenregals füllen. Diese Gläser hat er nicht ihres Inhalts wegen erstanden – den schüttete er unter laufend heißem Wasser in den Spültischabfluß –, sondern ihrer urnenbauchigen Formung halber, geziemend und ausreichend als Aufbewahrungsort seines allwöchentlichen Erlebens: Luftdicht verschlossen, halten die Behältnisse jeweils ein anderthalb Quadratzentimeter umfängliches Gummiviereck fest. Der Deckel eines solchen Gefäßes ist mit einem sauber eingestanzten Datum versehen, das Wochen- und Jahreszahl bescheinigt. Diesen Zeitangaben zufolge sind die Gläser auf den Regalstockwerken geordnet – je höher die Sprosse, desto mehr verjüngen sich die gehorteten Arbeitswochen. Hat Moll die Säuberung vollzogen, Glas für Glas, und sich vergewissert, daß keines seiner Sammelstücke fehlt, fügt er ein neues hinzu, frisch beschriftet, doch zum zweiten Male leer. Längst haben die Gläser Töpfe und Konservenbüchsen auf den Fußboden

verbannt; da ihre Zahl wöchentlich um ein neues Senfglas wächst, ist absehbar, daß Moll baldigst einen Regalanbau ausführen muß. Unter seinem Bett warten Kisten mit weiteren hundert Senftöpfen auf Verwendung, eine Bevorratung, aus Sorge angelegt, die Herstellerfirma könne sich für eine andere, moderner gestaltete Form entscheiden, was die Einheitlichkeit zunichte machen würde und ihn zwänge, für die Gesamtheit der Sammlung einen kostspieligen, zudem arbeitsaufwendigen Wechsel vorzunehmen.
Danach schäumt Moll seine Bartstoppeln ein, eine ausschließlich samstägliche Handlung; zwischendurch, nach einigen munteren Rasierstrichen, begutachtet er einmal mehr die Geradheit der Aufreihungen, korrigiert aufs millimetergenaueste.
Gegen halb zwölf, wenn die Verunreinigungen auf seiner Haut dem Schaumbad aus Fichtennadeln und der Nagelfeile gewichen sind, spaziert er eine Runde durch den Stadtpark. Dort hört er im Vorbeigehen fast genesene Patienten des nahen Krankenhauses, die bei mildem Wetter auf Bänken die Beine übereinanderschlagen, unaussprechliche Arzneinamen austauschen und mit ertragenen Wunden prahlen. Anschließend betritt er ein Café, welches sich um diese Zeit mit Jugendlichen, meist Schülern, füllt. Er trinkt Bier, zögerlich und gerade soviel, daß es seine Sinne nicht dumpf werden läßt, sondern entfaltet, und nimmt, die Zeitung beiseite legend, das Treiben wahr: Arme vormittäglicher Kartenspieler erheben sich siegreich oder stützen nachdenkliche Mienen, je nachdem, ob das Blatt Glück oder Unbill verheißt. Unruhe stiften hübsche Frauen, denn anbetracht ihrer trommelt mancher Tresenhocker nervöse Wirbel oberschenkelwärts. Oft fühlt Moll sich dann derart wohl, daß er Marlis anruft, sie in das Café einlädt. Im vorhinein freut er sich auf den Duft ihres Parfüms und ihre Lippen, die gegen Nachmittag nach Likör schmecken werden, darauf, daß sie Stunden später vielleicht bei strähnendichtem Regen durch den Park spuken werden, er ihr eine verbotene Nelke pflückt, und Passanten sich fester an ihre

Regenschirme heften und ihnen aus sicherem Abstand beschwörende Formeln zurufen, als hätten sie die Vorläufer eines verfrühten Karnevals erblickt.

Ichtys

Moll denkt sich, nachdem er für eine neue Arbeitsstelle vorgeschlagen worden ist, Berechnungen aus: Zwar haßt er es, sich anzupreisen, aber daß er jung und kräftig ist, acht Jahre ohne Unterbrechung zuverlässig und anstellig in ein und demselben Betrieb gearbeitet und in dem gesamten Zeitraum, alles in allem, nicht einmal vier Wochen aufgrund von Krankheit gefehlt hat – eine Blinddarmoperation einerseits sowie eine arbeitsunfallbedingte starke Handverstauchung –, muß von ausschlaggebendem Vorteil sein, fast zweifellos.
Schneller läuft er, hört seinen zukünftigen Vorgesetzten sagen: ›Morgen früh können Sie meinetwegen anfangen‹; ›Selbstverständlich, ja‹, nickt Moll.
Kleine Schwierigkeiten wird es wahrscheinlich zu Beginn mit den Kollegen geben, er kennt dies von der Fabrik her: Neue werden argwöhnisch umschlichen und einer scheeläugigen Musterung unterzogen – ein Kasten Bier nach Feierabend kann Abhilfe schaffen, und ansonsten wird er zunächst den Mund halten, falls man ihn nicht fragt.
Gegen halb fünf – Moll hat es sich zur Regel gemacht, zu Verabredungen und Terminen eine halbe Stunde früher als vereinbart einzutreffen – hat er die Privatwohnung des Gartenbauunternehmers, wohin ihn die Vermittlungskarte des Amtes bestellt, erreicht: ein Flachdachgebäude, pappelumsäumt, mit drei Garagen.
Unversehens werden Bedenken hochgeschwemmt, nicht für würdig befunden zu werden. Nach einem tief eingesogenen Zug wirfte er die Zigarette fort, um seinen Pfefferminzatem

nicht zu verscheuchen. Man wird ihm ein Glas Gin oder Weinbrand anbieten, bevor das Geschäftliche zur Sprache kommt. Energisch wird Moll sich sträuben: ›Nein danke, kein Alkohol‹, denn die ersten Eindrücke sind die gewichtigsten. Er beschließt, keine Zeit verstreichen zu lassen und sofort, folglich verfrüht, Einlaß zu begehren – diese Art der Bewerbung ist unter Umständen zwar die weniger höfliche, doch legt sie Zeugnis ab von seinem ernsthaften Wollen. Ferner könnten ihn andere, forschere Kandidaten kurz vor dem Ziel ins Abseits drängen.

Neun Treppenstufen zählt er; Zigarettenasche auf seinem Mantel, die er eilends wegbürstet.

Durch seine triefnassen Haare harkt der Hausherr und entschuldigt sich, da lediglich mit einer kurzen Sporthose bekleidet, kaltlächelnd für seine ›unkorrekte Aufmachung‹; er sei beim Duschen gewesen. Moll paddelt mit den Händen um Verzeihung, weiß bereits jetzt, daß er verspielt hat.

Ob Moll Erfahrung im Gartenbau habe?

»Nun ja, eigentlich nicht, aber ...«

Was seine letzte Tätigkeit gewesen sei?

»Maschinenführer, aber ...«

Die Vermittlungskarte wird gedreht und gewendet. Ob er diese Stellung auf eigene Veranlassung gekündigt habe oder ob ihm gekündigt worden sei?

»Wegen Arbeitsmangel bin ich ... Ich habe acht Jahre in der Fabrik gearbeitet, ununterbrochen.«

Moll möge Verständnis haben, als Fabrikmensch sei er wahrscheinlich nicht für den Gartenbau geeignet. Zwar seien keine ausgesprochenen Fachkenntnisse erforderlich, doch müsse man ein Gefühl für diese Arbeit mitbringen. Außerdem werde die Einstellung einer Hilfskraft sowieso erst im Frühjahr erfolgen.

»Wiedersehen«, sagt Moll und stülpt die Unterlippe über die Oberlippe.

Ob er einen Kugelschreiber bei sich habe?, fragt der Arbeitgeber in Molls Rücken.

Der Vermittlungsschein, Sparte ›Gründe für Nichteinstellung‹, wird unleserlich beschriftet.
Straßen weiter sieht er im Schaufenster eines Delikatessengeschäftes dem platzängstlich zuckenden Forellenknäuel zu, welches in dem viel zu engen Aquarium übergeschnappt ist: Leiber schieben sich stier ineinander, japsen zerfließend an Glaswänden. Blitzschnell gezielte Fußtritte auf den Hodensack des Mannes in kurzer Sporthose zwingen diesen schachmatt. Moll packt ihn beim Schopf, rammt den Schädel gegen die Fensterscheibe, bis sie zerscherbt; darauf preßt er den um Gnade Winselnden in den Wasserbehälter, sogleich beginnen die Fische, ihre Zähne zu wetzen.
Übrig bleibt sauber geschabtes Gebein.

Selten vergaß Moll seine Befürchtung, jemand könne sich, von ihm nicht bemerkt, an der Toilettentür hochhangeln und durch den Spalt, der zwischen Raumdecke und Türumrahmung klaffte, ihn beim müßigen Dasitzen beäugen. Infolgedessen war er auch hinter Verschluß bemüht, die Gewalt über seine Gesichtszüge zu bewahren und nicht zuzulassen, daß sie sich traumwandlerisch zerzausten. Falls sie nicht verriegelt war, wählte er stets die naheliegendste der insgesamt acht aus hellgrau gestrichenem Spanholz aneinandergefügten Kabinen. So vermied er bei der Rückkehr zum Arbeitsplatz unnötige Umwege.
Im Toilettenbecken hatten sich Kotfetzen verhärtet. Moll säuberte den es umrandenden Sitz, darauf war »SPD wählen« gepinselt worden, mit einem Streifen Papier, vergewisserte sich, daß die Nebenzelle unbesetzt war – es erübrigte sich, die beim Herunterziehen der Hose unumgänglich entstehenden Geräusche möglichst naturgetreu nachzuahmen – und ging in die Hocke. Maschinenlärm war auch hier, allerdings gefiltert, hörbar, aber keine Spur von Klafk, der eifrig Talkumstaub zu Haufen fegte. Zuweilen gelang es der Materialproduktion in Halle 10 nicht, mit Molls und Klafks

Arbeitstempo Schritt zu halten, und es entstanden für die Dauer einer halben Stunde Lücken, die sie durch das Sauberkehren der Werkhalle zu überbrücken hatten – eine Tätigkeit, von Moll als Idiotenzeitvertreib, die Bezahlung nicht wert, verabscheut. Klafk hingegen hantierte gerne mit dem Besen; den Stiel fest umschlungen, zirkelte er planmäßig eine dreckfreie Bahn nach der anderen. Für ihn eine willkommene Abwechslung zur Arbeit an der Maschine, die zudem ohne Lärmbelästigung vonstatten ging.

Moll zündete eine Zigarette an. Tiefe Züge weiteten merklich die Lungenflügel, Rauch schmeckte nach schwitzendem Gummi: noch sechs Stunden bis zum Feierabend ... dreihundertsechzig, vielleicht dreihunderteinundsechzig Minuten, Sekundenunzahl. Überdruß blies seinen Magen zu einer Steinkugel auf. Er arbeitete Jahre genug, um zu wissen, daß die Zeiger der Fabrikuhr bestechlich waren – je aufmerksamer er sie beobachtete, desto schwerfälliger rückten sie vor, an manchen Tagen hatte er sie gar beim zeitweiligen Stillstand ertappt; verlor er sie dagegen aus den Augen, dann sprangen sie unverhofft gelenkig im Kreis. Moll gähnte ausführlich, beschaute seine Hände, die rußig vom Gummi und mehlbestreut vom Staub waren. Die Zigarette war schon zur Hälfte niedergebrannt. ›Was man jetzt alles machen könnte, draußen‹, dachte er. ›Beispielsweise nach Rasierwasser duften.‹ Seinen Filzstift, den er zum Abhaken der Materialzettel gebrauchte, fingerte er aus der Hosentasche, suchte eine noch nicht bekritzelte Stelle auf dem Türrücken vor seiner Nasenspitze und schrieb neben hastig angedeuteten Riesenbrüsten mit Schnullerwarzen und pfeilmarkierten, sperrangelweit geöffneten Scheiden, die bedrängt wurden von bedrohlich ragenden Schwänzen, die Buchstaben ›H.D.D.N.A.?‹, Geheimkürzel seiner aussichtslosen Unlust, der Abscheu vor Halle 12A mitsamt Klafk und Schneidemaschine und Besenborsten: ›Hört das denn nie auf?‹ Sein Rücken schmerzte vom krummlahmen Vornüberbeugen. Er lehnte sich zurück, schneuzte Rotz zwischen Daumen und Zeigefinger und verwischte damit sein

Geschreibsel zu einem Tintenklecks. Darauf zertrat er das Zigarettenmundstück, gähnte inbrünstig prickelnde Schauer herbei. Aus Gewohnheit riß er etwas Papier von der Rolle ab, betätigte die Wasserspülung und war im Begriff, seinen ein Quadratmeter engen Unterschlupf zu räumen, als die Eingangstür aufgestoßen und Schritte laut wurden. Kurze Zeit später schloß sich jemand in die Nachbarzelle ein. Moll, der bereits aufrecht stand, zauderte. Keineswegs wollte er den Eindruck erwecken, wachgescheucht worden zu sein – deshalb setzte er sich, für eine halbe Minute, wie er beabsichtigte, erneut hin. Nebenan surrte ein Reißverschluß, entspannt wurde ein Hosengürtel. Urin tröpfelte, in rascher Folge trompeteten gedehnte Fürze. Erstmalig fiel Moll der Kleiderhaken an der linken Trennwand auf. Kaum zu glauben, schien dieser doch eher zum geruhsamen Abstreifen der Jacke, zum längerfristigen Verweilen einzuladen denn zum überstürzten, akkordgemäßen Verrichten einer lästigen Notdurft; sein Vater hatte schon immer über Klohocker geschimpft, unheilbare Faulenzer, die sich das Scheißen bezahlen ließen. Der Mann begann zu keuchen, unruhig auf seinem Sitz hin und her zu rutschen, seine Füße scharrten, Schuhleder knirschte. Kein Zweifel, der Mann befriedigte sich. Moll hielt den Atem an und versuchte, Lachreiz zurückschraubend, ein unbeteiligtes Gesicht zu mimen. Da er sich bisher den geringsten Laut versagt hatte, durfte er sich nun nicht plötzlich zu erkennen geben, ohne in den Verdacht zu geraten, die Geheimnisse anderer hinterhältig zu belauschen. Nervös jonglierten seine Lippen eine unangezündete Zigarette. Handballen gegen die Ohrmuscheln gepreßt, verfluchte er sich, weil er seine Verschanzung nicht früher verlassen hatte.

›Moll nicht da?‹ fragte der Meister. Klafk kehrte mit zwei Besen zugleich oder drückte eilends Platten gegen die Walze, beschrieb einen Halbkreis um die Maschine, Molls Arbeit zusätzlich übernehmend, obwohl kein Grund für diese Hetze bestand. Wohlgefällig beklopfte der Vorgesetzte Klafks Schulter und sagte: ›Ein guter Soldat läßt sein Gewehr keine

Sekunde im Stich‹; Klafks vielsagendes Grinsen, seine lächerliche Art, Partei für Moll zu ergreifen, indem er behauptete, dieser sei erst fünf Minuten fort, wodurch er sein Ansehen noch beträchtlich zu steigern wußte.

Moll bog den Türverschluß zur Seite – das kurzatmige Pressen nebenan verminderte sich nicht – und stahl sich weg. Solange er sich in Hörweite befand, bohrten seine Zähne Scharten in die Zunge. Fünfundsechzig Schritte bis Halle 12 A. Er betete, niemand von Bedeutung möge ihm begegnen und ihn rügen, da er zwei Stunden lang der Arbeit ferngeblieben war.

Erleichtert durfte er feststellen, daß seit seinem Verschwinden sieben Minuten erst verstrichen waren: Froh nickte er Klafk zu, packte Schaufel und Kehrblech und befleißigte sich.

Sichelnde Stiche, in seinen Hinterkopf eingesponnen und dank Tabletten vertagt, beginnen wieder zu schwelen: Moll sitzt am Küchentisch, nackt bis auf die schäbige, olivgrüne Unterhose, und drückt eine Faust gegen den Schmerzensherd, verspricht sich dergestalt Linderung; Speichel rinnt dünnfädig aus seinem halboffenen Mund, benetzt die Beine – das hölzerne Ticken der Uhr stundet keine Sekunde, fettpelzige Staubschicht auf dem Toaster, die Rauhfaser rings um den Lichtschalter abgebröckelt, eine Landkarte, geritzt in den Teppichboden, Kühlschranktür mit Kratzspuren. Durch verstopfte Hirnschläuche schlängelt sich Magenraunzen, acht Jahre an der Schneidemaschine – ein Witz, der jeden außer ihn zum Lachen reizt. Vierhundertundacht normbeschriftete Senfglaswochen, Stechuhrtag für Tag, ist er mit der Selbstverständlichkeit, als gelte es eins und eins zusammenzurechnen, zum Betrieb gefahren, hat Gummiplatten gegen die Walze geschoben, Zerschnittenes aufgelesen und einsortiert, mit Klafk die Pausen verbracht; feierabends wenigstens hat er seine Ruhe gehabt. Moll fühlt sich bratensudschwitzig an.

In eine nichtüberschaubare Unordnung entgleist, ist kaum etwas an seinem gewohnten Platz.
Moll besitzt eine Erinnerung in Verwahrung, derer er sich bedient, erzählt man ihm herzausreißende Geschichten von Krankheit und Tod naher Verwandter, wobei sein Mitgefühl, seine grämliche Niedergeschlagenheit gefordert wird, obwohl er diejenigen, die erkrankt oder dahingeschieden sind, nicht gekannt hat und ihm eher zum Lachen als zur Trauermiene zumute ist.
Einen halben Wochenlohn oder mehr, zwanzig Mark, setzte der Alte aufs Spiel, um seinem Sohn nicht nur einige Runden in einem Karusselfeuerwehrauto – dessen Sturmglocke er läuten durfte – zu bescheren, sondern auch das Große Los: Ein lebensechter Braunbär, der erstklassig brummte, drückte man sacht auf seinen Nabelknoten.
»Die letzten zweihundert Lose!« schrie der Verkäufer. »Der Hauptgewinn, Traum jedes Kindes, ist noch zu vergeben ... Greifen Sie zu!«
»Hier!« winkte der Alte, »ich nehme alle.«
Auf den Kirmesplatz nieder regnete eine Schüssel voller Nieten und keine Spur von dem Verkäufer und erst recht nicht vom großen Traum. Zäh lachte der Alte und verbat sich Weinerlichkeiten. Von seinem restlichen Geld erstand er für seinen Sohn etwas Zuckerwatte, für sich an einer Bierbude ein Glas Fusel und der Frau brachte er ein Lebkuchenherz mit nach Hause, darauf war ›In treuer Liebe‹ gebacken. Nachdem sie alles erfahren und Pfennige, ihre Notgroschen, übereinander gehäuft hatte, zertrat sie das Herz in tausend Stücke.
Am liebsten möchte Moll sich streicheln: blind ohne Krückstock, Schneemann in der Wüste und obdachlos.

Moll telefoniert Kamp an, teilt ihm mit, er habe neue Arbeit gefunden – nun verdiene er sogar zwei Mark mehr pro Stunde. »Gartenbau und Landschaftsgestaltung«, kneift er die Augen zuversichtlich zu, »da ist man immer an der frischen

Luft, nicht in diesem Fabrikmief. Das härtet ab, hundert Jahre wird man alt davon.«
Kamps Atem schnarrt in der Hörmuschel: »Dann ist ja alles wieder in Ordnung. Freut mich, freut mich wirklich.«
»Du brauchst dich also nicht weiter zu bemühen«, sagt Moll und legt auf. Sogleich wählt er Klafks Nummer. Wässrig das Blubbern des Besetztzeichens. Moll ballt seine Linke zur Faust, Zigarettenasche fällt auf den Teppich. Endlich meldet sich Klafks Frau.
»Richten Sie ihm bitte aus, daß ich neue Arbeit gefunden habe, ganz schnell. Bessere Arbeit als bisher, und zwei Mark mehr in der Stunde.«
»Oh«, seufzt sie, »das freut mich. Mein Mann hatte sich schon Sorgen gemacht ... Hoffentlich tragen Sie es ihm nicht nach, daß er die Stelle behalten darf. Wir haben zwei Kinder, wissen Sie, das Auto ...«
»Ja, ja«, sagt Moll.
»Kommen Sie noch mal zum Essen, vielleicht bald?«
Gelegentlich hatten sie ihn sonntags eingeladen, zuletzt vor einem Monat: Klafk wollte das nagelneue Auto feiern, für das seine Frau und er jahrelang gespart hatten. Wochen vor dem Kauf hatte er während der Arbeitspausen nur ein Gesprächsthema gekannt – ein Wagen, fabrikfrisch. »Mit den gebrauchten Kisten hab ich bisher immer Ärger gehabt, ständig ist was dran kaputt. Und die Rostflecken erst, überall Rostflecken.«
Bevor sie Nudelsuppe, Bratwurst mit Kartoffeln, Erbsen und Möhrchen und die Nachspeise – Schokoladenpudding, verrührt mit Eiweißschnee – aßen, präsentierte Klafk sein Glück: Klappte die Motorhaube auf, redete von Vergasern, obenliegenden Nockenwellen und den Vorteilen einer speziellen Einspritzpumpe, die ausschließlich dieses Modell führe, sowie Stereoradio nebst Cassettenrecorder. Behutsam polierten seine Handballen besonntes Blech – kein Krätzerchen. Daumen und Zeigefinger schnippte er selig gegeneinander, brüstete sich: »Da ist Musik hinter«, weil der Motor sofort ansprang.

Moll dachte an das Essen und heuchelte neidlose Begeisterung; Klafks Frau holte die Sonntagskrawatte, band sie ihrem Mann geschickterhand um, sagte: »Wirf doch mal die Zigarette weg, das sieht nicht aus«, und fotografierte kunterbunt: Klafk, neben seinem Gefährt stehend, sehr breitbeinig – ein Zirkusdirektor, der die todesverachtende Trapeznummer ankündigte.
Ärgerwolken verdüsterten das Geschehen, als sich eines der beiden Kinder in das Prunkstück geschlichen hatte und an der Handbremse herumfuchtelte. Klafk tobte, verpaßte Ohrfeigen, schrie: »Wenn ich dich noch mal erwische, dann ...«
Eine Zeitungsanzeige hatte er aufgegeben und in der Nähe seiner Mietswohnung eine Garage für sechzig Mark im Monat gepachtet.
Nach dem Essen – die Frau spülte nebenan in der Küche – flüsterte er: »Ich hab da was gehört ... Die Schneidemaschine soll wegkommen, die wollen das Gummi bald vollautomatisch schneiden ... Mensch, gerade jetzt, wo ich das Auto hab! Dann liegen wir auf der Straße, gibt doch zuviel Hilfsarbeiter!«
»... Geschwätz«, erwiderte Moll, »mach dir nicht gleich in die Hose.«
Klafks Kopf wackelte andeutungsweise; sie rauchten und schwiegen verbohrt.

»Hören Sie noch?« fragt die Frau.
»... Ja«, sagt er, »also denken Sie daran, es ihm auszurichten.« Vorsorglich buchstabiert er: »Ich habe neue Arbeit. Zwei Mark mehr in der Stunde. Gartenbau ... Wiedersehen.«
Danach fühlt er sich leicht.

Ausgerechnet an einem Samstag und auf einer dichtbefahrenen Einbahnstraße, die an den schmuckleeren Hinterfassaden der großen Kaufhäuser entlangführt, verweigert sich nach einem bösartigen Rasseln des Motors Marlis' Auto: Bereits morgens war Molls Tagesablauf verdorben worden, weil er sich, dem Üblichen quer, sofort nach dem Aufwachen mit frischer Unterwäsche angekleidet hatte, statt richtigerweise erst sein Frühmahl zu begehen, die Sammlung zu hegen und ein Bad zu nehmen. Als Magenbellen ihm die Verwicklung der Reihenfolge bewußt gemacht hatte, war keine Lust mehr zu verspüren, sie behelfsmäßig zu kitten.
Moll versucht, durch vorgetäuschtes Versinken in das Studium eines komplizierten Umleitungsschildes unanfechtbar zu werden, aber Marlis' wütendes Einschlagen auf das Lenkrad fordert ihn auf die Straße. Schwerfällig umgeht er das Gefährt, tritt gegen die Bereifung, eher zaghaft – hoffend, dadurch eine Heilung der Getriebestörung bewirken zu können. Letztlich beginnt er, den Wagen in Schwung zu schieben, was, wie ihm klar ist, wegen der Steigung, welche die Straße nimmt, unmöglich sein wird. Passanten halten still, die Hände ineinander verkordelt. ›Frag endlich jemanden um Hilfe‹ deuten Marlis' Fingerzeige aus dem Wageninnern an, doch ist Moll der Ansicht, es sei niemandem zumutbar, sich an dem äußerst nachlässig gepflegten Blech zu verdrecken. Hohnhupen der von dieser Stockung betroffenen Fahrzeuge bestätigt seine Unfähigkeit, im Nu klotziges Motorenstahl ärmelkremplig aufzubocken und nach wenigen geschickten Schraubschlüsselumdrehungen repariert aufheulen zu lassen. Umzingelt flüchtet Moll sich in einen Schweißausbruch, vor sich begründet er ihn mit dem Kraftaufwand, den das Anschieben erfordert.
Obwohl Marlis das Auto längst bremsentretend blockiert, übt er, da er sich nicht anders zu helfen weiß, weiterhin Druck aus. Plötzlich steht sie hinter ihm, sagt: »Bist du eigentlich taubstumm?« bevor sie sich auf die stattlich gestaute Zahl der Schaulustigen zubewegt. Diese sehen sich sofort in hand-

greifliche Eile versetzt, rufen: »Werden wir gleich haben!«
Nichtvorhandene Krümel pickt Moll von seinem Mantel. In sich verhaust, friert ihn trotzdem.
Später im Café, wo sie sich wie zufällig finden und gegenseitige Vorwürfe nach Auskosten gedehnten Schweigens, schattiert durch das Zerrupfen etlicher Bierdeckel aus Pappe, schlichten, indem jeder für sich sämtliche Schuldanteile übernehmen möchte, was beinahe neuen Zorn heraufbeschwört. Umsichtig geworden, bringen sie die Einigung auf einen Vergleich zustande, der das Verleben des Wochenendes regelt: Marlis will Moll zum morgigen Fußballpokalspiel begleiten – die Stadionatmosphäre werde sie begeistern, wünscht er, damit er nicht mehr alleine loszuziehen braucht –, dafür verspricht Moll gewunden seine Teilnahme an einem Künstlerfest. Wiedergetroffen hatte Marlis die Gastgeberin, die vor Jahren im Nachbarhaus wohnte und die nun mit einem Schriftsteller zusammenlebt. Anläßlich der Verlegung eines seiner Romane sollte eine gebührende Feierlichkeit stattfinden.
»Schriftsteller«, argwöhnt Moll, »das ist doch nicht für uns«; aber Marlis beharrt unnachgiebig, wenn auch liebevoll, auf ihrer Neugier und schließlich, so vertröstet sie ihn, könne man ja ohne Aufsehen verschwinden, falls es ihnen nicht behage.
Auf der Treppe, Schritte vor Erreichen des trappelnden Gewoges aus Stimmen, Musik und Gelächter, bittet er sie, einen Moment lang zu warten. Er läuft Stockwerke zurück – seltsamerweise verstärkt sich das Lärmen, je weiter er sich entfernt –, zündet eine Zigarette an und verkürzt sie binnen zweier Züge ohne Ausatmen um mehr als die Hälfte.
Breitgestreckt das Dachbodenatelier. Spätestens jetzt befällt Moll Unterarmnässe. Einzig er ist krawattiert und steht in einem krampfadrig geschneiderten Anzug herum, fremdgewandet zu hemdkarierter Gelassenheit. Viele, auch einander Unbekannte, küssen sich zur Begrüßung auf beide Wangen, duzen sich sofort. Gruppiert unterhält man sich, schnitzt tem-

peramentvoll mit den Fingerspitzen Gebilde in die Luftleere oder verschlemmt, die Hüften wippend, Käsehappen. Ringsum Frauen, überseeisch gebräunt und gleißend ihr Lippenkardinalrot – Moll bekannt aus dem Fernsehen, wo sie sich in seitlich geschlitzten Roben für französische Parfüms oder palmentropische Erfrischungsgetränke räkeln. Erregt ihn ihr Äußeres auf dem Bildschirm überaus, so schüchtert ihn ihre tatsächliche Leibhaftigkeit im Rahmen dieses Festes ein, beglaubigt seine vorausgeahnte Unterlegenheit.

›Der da muß der Schriftsteller sein!‹ raunen Marlis' Brauen ihm zu. Obwohl dieser in einer ärmellosen, verschlissenen Lederweste steckt, ähnelt er eher Molls Vorstellung von einem freizeitlich gestimmten Krankenkassenangestellten: kurzsichtig geschmälerte Augen hornbebrillt, ein blasses und allgemeines Gesicht ohne Firlefanzohrringe, die ihn an zahlreichen Besuchern männlichen Geschlechts verwundern.

Nichtsdestotrotz läßt der Mann diejenigen, die ihn eng gerückt umscharen, aufhorchen: Merksam spreizen sie ihre Zigaretten von sich, zollen seinen Ausführungen durch häufiges, ungehemmtes Lachen Hochachtung, was der Schriftsteller dergestalt abzuwiegeln trachtet, daß er sich unruhig auf die Fußballen stelzt, den Sitz seiner Brille berichtigt und sich um beiläufige Mimik bemüht. Einmal, als Moll immer noch nachsprießenden Gästen seinen ursprünglichen Standort zu opfern hat und infolgedessen unfreiwillige Bindung an den Kreis der Bewunderer findet, hört er den Schriftsteller verlautbaren, gern läse er einmal in einer Fabrik.

»Laß uns endlich gehen«, sagt Moll, doch ist Marlis verschwunden. Schalmattes Bier schaukelt in dem Glas, das er umpreßt hält. Er muß eine Zigarette rauchen, unbedingt. Die Besucher stehen nun so dicht gestaffelt, daß es ihm nicht möglich ist, das Feuerzeug aus der hinteren Hosentasche zu greifen. Jedenfalls hat er damit eine Beschäftigung – er wird geflutet, darf derweil verwegenste Duftnoten schmecken. Irgendwann gelingt es ihm, fast wider Willen, Marlis zu sichten. Sie ist nahe einem hüpfenden Lautsprecherturm mit

einem Bärtigen, den ein Monteursanzug bekleidet, ins Gerede geraten – ihr zurückhaltendes, keineswegs jedoch befangenes Lächeln, das wochentags Röcke und Pullover verkaufen hilft, scheint dem Bärtigen sehr gefällig zu sein.
Moll läßt sich auf eine durch beladene Bücherregale beidseitig abgetrennte Couchecke driften, die, ausnehmlich eines Pärchens, das sich Akupunkturpunkte an Kopf und Kragen zeigt, die einzig nicht belagerte Örtlichkeit im Raum ist. Er überfliegt mit geringem Interesse die zumeist fahlfarbig dezenten Bücherrücken und kringelt Zigarettenrauch. Dabei sinnt er nach Möglichkeiten, den Anwesenden harterdings zu erklären, daß sich seine Abschroffung, die man ihm vermutlich im Laufe der Nacht zur Last legen wird, weder auf Ungeselligkeit noch gar auf Menschenscheu gründet – im Gegenteil: Spielt er nicht gerne Karten in seiner Stammkneipe, spendiert gelegentlich eine Runde Bier oder Schnaps? –, sondern selbstgewählt und Ausdruck eines wohlbegründeten Unwillens ist. Zärtlich beinahe denkt er an vergessene Fabrikmorgen, an Klafks unausgeschlafenes Räuspern, bevor er die Maschine in Trott knopfdrückte.
Die Gastgeberin nähert sich, ein Tablett jonglierend, und preist Sekt an. »Du hast auch mit Literatur zu tun?« fragt sie Moll, gleichzeitig einem Kahlköpfigen, der eine ansehnlich behaarte Hemdbrust offenbart, bezüglich dessen Frage nach einem Glas Mineralwasser zuwitzelnd. Moll rächt sich, indem er, endlich zur schwarzgefliesten Toilette durchgedrungen, ins Waschbecken uriniert und das, wie er aus der Aufmachung des Fläschchens schließt, kostbare Rasierparfüm des Schriftstellers hinterherspült.
Die benötigte Zeit, um zu seinem angestammten Platz zurückzufinden – rücksichtslos steppt alles zu ›In The Air Tonight‹ –, nutzt er, eine Anklage gegen Marlis zu formulieren, mit Hilfe derer er seine bislang gehortete Verabscheuung über sie auszuschütten gedenkt. ›Es ist Schluß zwischen uns!‹ will er enden, doch als er wieder Berührung mit der Couch hat, hat er auch seine geplante Vorgehensweise abgewandelt: Er

wird sich begnügen, sie mit stummer Mißachtung zu strafen, sich selbst von ihren Tränen nicht irritieren lassen.
Mittlerweile sitzt er alleine da, verschmäht Bier, Sekt und unbekannte Pasteten. Seine Augen beginnen zu brennen vom angestrengten Übersehen der Menge, höchstwahrscheinlich begrapscht der Bärtige gerade Marlis' Brüste.
Plötzlich bemerkt Moll, wie sich der Schriftsteller unter zahllosen Umgehungen aus den Tanzenden herauszuschälen versucht. Hat Moll den Abend über die Beine meist verschränkt gehalten, so setzt er sie jetzt fest auf den Boden.
»Hab' ich dich schon begrüßt? Marlis erzählte mir eben von deiner Arbeit. Ich ...«
Schwindlig wird Moll. Da er sich nicht von seinem bereits keimenden, siech verknöcherten Grinsen, das üblicherweise Antwortlosigkeit verdecken hilft, auf die Knie zerren lassen will, schlägt er, um jede andere Fertigkeit verlegen, aus dem Sitzen herauf in das Gesicht des Fragestellers. Weil er aber selten zuvor in ein Gesicht geschlagen hat, bedingt vielleicht auch durch die ungünstige Ausschlagposition, verunglückt der Hieb zu einem stümperhaften Stüber, der Kinn, Nase und Mund des Gegenübers nur andeutend streift und dann über dessen Stirn hinweglahmt.
Wirre Sekundenwindungen, während derer Moll in das Rükkenpolster der Couch sackt, der Angegriffene seine Nasenflügel betastet.
»Psychopath«, sagt dieser endlich ein erhabenes Lexikonwort, womit er die Lage weitestgehend meistert – dennoch verraten unkontrolliert zuckende Mundwinkel, daß er um ein Haar ebenso erschrocken ist wie Moll.
Herumstehende lockern allmählich ihre Starrung. Vorsichtig rücken sie näher, erkundigen sich, bieten Unterstützung an. Begafft, wenn auch nur für den Bruchteil eines Augenblicks jedesmal, atmet Moll verhalten, schwitzt hauchdünn ohne Ausflucht.
»Es ist nichts geschehen«, bestimmt der Schriftsteller. »Lediglich bin ich nach dem Weg ins Freie gefragt worden.«

Dann nur noch Stolpern.
Und frühmorgens Marlis' Anruf: »Was ist bloß in dich gefahren ... Das ist doch sonst nicht deine Art ...«
Moll würgt die Leitung tot.

Schon während der Fahrt im erstaunlich schwach ausgelasteten Bus hat Moll das Eintrittsgeld für einen billigen, nicht dachgeschützten Stehrang abgezählt und bereitgehalten: Er überquert den Vorplatz, sieht, daß tiefkriechende Wolken die Flutlichtanlage verfinstern. Gähnende Polizisten in gittergefeiten Bereitschaftswagen; einige haben sich am Marathontor aufgebaut und machen sich wichtig mit blechern schnatternden Funkapparaten und Schäferhunden, die ungehalten knurren, weil ihnen der Maulkorb nicht paßt. Reklamedurchsagen werden vom Stadionsprecher auf alle Windrichtungen verteilt. Nach Kundschaft Ausschau haltend, schreit sich ein Bockwürstchenverkäufer heiser, seine Gehilfin hüpft Tango zwischen gefrorenen Schlammlachen, nahe der Kassenhäuschen.
»Früher, ja früher ...«, nickt die Toilettenfrau einem Trupp Bauchladenmänner mit Ohrenschützerkappen und umgekrempelten Gummistiefeln zu, die, bevor sie ausschwärmen, hastig eine Zigarette rauchen und sich ein schlechtes Geschäft versprechen. Nachdem Moll seine Blase erleichtert hat, wirft er zwei Pfennigstücke statt der geforderten zwanzig in den Becher; er freut sich, denn es bleibt unbemerkt.
Wegen der Dunkelheit die Augen bodenwärts gerichtet, steigt er die Stufen hinunter Richtung Mittelfeldlinie, bahnt einen Weg vorbei an Befürchtungen – das Spiel sei angesichts verhärtetem Rasenmorasts von Ausfall oder Abbruch bedroht –, die mittels des Inhalts kreisender Fuselflaschen beinahe aufgelöst werden. Sofern man daran glaubt, wärmt Hochprozentiges Kehle und Bauch, läßt abgestorbene Finger wieder beweglich werden.

»Wenn sie heute nicht gewinnen, geh ich nie mehr hierhin. Schon gar nicht bei so einer Kälte«, sagt Molls Nachbar.

»Entweder sie gewinnen drei zu zwei«, entgegnet er, »oder sie verlieren null zu eins.«

»Komischer Tip«, sagt der andere.

In den Stacheldrahtzaun gestürzt, der Spielfeld und Publikum scheidet, erbricht ein Betrunkener Galle und Bratkartoffeln. ›Gut, daß Marlis nicht mit mir gekommen ist‹, denkt Moll. Fünf Ränge tiefer, linkerhand seitlich, erkennt er Lömm, den Schichtführer aus Halle 9, der den Arm um eine schwarzhaarige Frau geschlungen hält. Vor ein paar Monaten hatte Lömm kurzzeitig die Aufsicht über die Werkhallen 12A und B gehabt, da der festangestellte Meister erkrankt war. Seine befristete Amtsübernahme kreuzte sich mit der alljährlich einmal stattfindenden Betriebsbesichtigung durch die Werkseigner, zum Großteil Bankiers, für die die Firma ein Abschreibungsobjekt war, wie Moll beiläufig erfahren hatte.

Lömms erste Anweisung war gewesen, die Schneidemaschine außer Kraft zu setzen und die Halle in Erwartung des Hohen Besuchs von jeglichem Dreck zu befreien, alle Leerbehälter im Verbund und äußerst gerade in einer Linie auszurichten und die Fenster zu putzen. Diese waren mit weißer Farbe undurchsichtig gekalkt worden, um das Gummi vor Sonnenbestrahlung, die eine Aufweichung des Materials bewirkt hätte, zu bewahren. Moll hatte diese Säuberungsmaßnahme abgelehnt, da sie ihm anläßlich der Besichtigung nicht gerechtfertigt schien; er hatte darauf verwiesen, daß er auch seinen Stolz habe und nicht jeden verfügten Unsinn über sich ergehen zu lassen brauche.

»Das ist Arbeitsverweigerung!« hatte Lömm ihn belehrt. »Ich nehme an, du weißt, was das bedeutet.«

»Leck mich am Arsch«, hatte Moll, nicht allzu laut, geantwortet.

Die Fenster waren einen halben Tag lang klarsichtig gescheuert worden, denn Klafk, der sich abseits gehalten hatte, war

der Meinung, es sei schließlich gleichgültig, woran sie ihre Finger beschmutzten.
Auf die Begutachtung von Halle 12A wurde verzichtet; die Besucher beschieden sich mit dem Anblicken einer neuangeschafften, computergesteuerten Maschine im anderen Teil des Fabrikgeländes. Weisungsgemäß malte Klafk am nächsten Tag die Fenster wieder lichtundurchlässig, währenddessen Moll das Klo aufsuchte.
Ein Schauer Kieselhagel klackt auf leeren Limonadendosen, hinter Schulterpaaren verbirgt Moll sein Gesicht. Tragetaschen voll Bier, Schals und Fahnen im Gleichtakt schwenkend, höhnen die begeistertsten Anhänger die Vereinsfarben der gegnerischen Mannschaft in den Schmutz.
Namens des veranstaltenden Klubs und des Publikums begrüßt der Stadionsprecher den Oberbürgermeister samt Gefolge, welche soeben fellbemäntelt unter dem längsseitigen Tribünendach ehrenplatz genommen haben und, ungeachtet der Schmährufe, leutselig winken.
Das Vorgeplänkel: Verkrochen in ihre Trainingsanzüge rennen die beiden Mannschaften und alle Reservespieler ihre Muskeln warm; beugen Knie, köpfen von Nässe plump gewordene Lederkugeln, schleudern Arme und Beine durcheinander; Trainer fauchen letzte Kommandos. Eingedenk der hohen Niederlagen der vergangenen Wochen halten sich die Aufmunterungen der knapp fünftausend Zuschauer in Grenzen, vereinzelt werden sogar spöttische Abkanzelungen laut.
Lömm hat den Kopf umgewendet: Seine Augenblicke pendeln, kreisen ein; er spreizt den Daumen, schreit: »Na, alles klar?!«
›Du Sau‹, denkt Moll: Silben brechend, hatte vor ein paar Wochen ein Türke aus Halle 12B Lömm gebeten, ihn für den restlichen Tag freizugeben, da er die Nachricht erhalten habe, eines seiner Kinder sei von einem Auto angefahren worden.
»Was solls«, hatte Lömm gemeint. »Dann machst du deiner Alten eben einen neuen Balg, damit es wieder mit dem Kindergeld stimmt.«

Moll raucht darüber hinweg, Atemdunst vernebelt seine Sicht.
Endlich werden die Aufstellungen bekanntgegeben. Bald darauf laufen die Spieler, das Schiedsrichtergespann voran, auf das Feld, begleitet von teils gut gezielten Pappbechern und Toilettenpapierrollen. Ein Junge hat den Zaun überwunden und will hinterherflitzen, aber wachsame Ordner vergreifen sich an seinen Gelenken. Nicht zuletzt auf Grund der widrigen Bodenverhältnisse, die die Beherrschung des Körpers erschweren, mißglückt ein erster Steilangriff des Heimvereins. Herausgebrüllter Hoffnung wird die Luft abgeschnürt, schlägt um in rasch verrauschendes Grollen.

Ohne Mantel und Schuhe auszuziehen, streckt sich Moll rücklings aufs Bett, ertastet den Einschaltregler des Transistorradios und läßt drei Sendestationen sich überlappen, so daß ein Kinderkirchenchor, aus der Fasson geduldet von der Nummer neunzehn der englischen Hitparade, mit Blähungen im Adamsapfel den Wetterbericht für den kommenden Tag zirpen muß.
Einen leichten Schwindelanfall niederkämpfend, indem er die Augen schließt und die Lider dreieckzeichnend massiert, erhebt Moll sich und holt einige Bierflaschen, die seltsam lauwarm sind, aus dem Kühlschrank. Der Reihe nach trinkt er sie leer, Zigarettenasche bestäubt das Bettuch. Zwei Minuten vor dem Abpfiff wird er ins Spiel eingewechselt. Seine erste Ballberührung entwickelt sich zu einem fürchterlichen Geschoß aus sechzig Meter Entfernung – unhaltbar, der gegnerische Torhüter taucht vergebens der Kugel hinterher: Moll hat das Unentschieden gerettet. Er springt auf, reißt die Arme hoch, tollt durch das Zimmer, bis schwarze Flimmerpunkte vor Augen ihn zur Mäßigung zwingen.
Enttäuscht besetzt er die Bettkante, spürt, wie sich der Schmerz, der ihn zu langweilen beginnt, anschleicht. Moll raucht hungrig weiter, als gelte es, seinen Kopf, der ein Luft-

ballon ist, auf diese Weise in möglichst kurzer Zeit zum Zerplatzen zu bringen.
Geduldig, beinahe gleichgültig, wartet er ab, nachdem er die Wählscheibe gedreht, und tatsächlich hört er irgendwann Klafk mit rauhmüder Stimme »Hallo, hallo?« fragen; Sekundenbruchteile stundenlang – ein Knacken unterbricht die Verbindung –, Molls Rippenspitzen bohren sich in seine Lunge – »Hallo!« schreit Klafk. Derart in Anspruch genommen, darf Moll keine Antwort schulden: Den Inhalt einer halbvollen Bierflasche gießt er auf die Sprech- und Höröffnungen des Telefons, umwickelt dieses mit dem Kopfkissen, krallt das Bündel fest gegen seinen Bauch. Naßtrüber Schaum verkleistert Hosenbeine. In die Küche taumelnd, stößt er – eingangs gewillt, allenfalls Lichtungen in die Senfglassammlung zu reißen – das Regal ohne Anstrengung um.

Draußen, unterhalb des Fensters – Moll bewohnt das Erdgeschoß – vernimmt er klägliche Hilfeschreie, gleichzeitig klatschende Schläge, wahrscheinlich Fausthiebe: Jemand scheint überfallen zu werden. Moll richtet sich auf, schüttelt sein Kopfkissen zurecht, lauscht angestrengt – jenes jämmerlich verängstigte Gebrüll bröckelt schon ab zu einem Röcheln, nein Giepern, wie läufige Vierbeiner es zu tun pflegen. Die Frage ist, ob Hilfeleisten überhaupt noch von Nutzen sein wird. Dauern wird es, erwägt Moll, ehe er aus dem Bett gestiegen sein wird, einen Mantel gegen die Nachtkälte gefunden und angelegt haben wird – er neigt stark zu Erkältungen, der geringste Durchzug beschert ihm sofort Husten, Schnupfen, Halsweh; dauern wird es, bis er die Haustür öffnen und ›Was ist da los?‹ rufen können wird. Im übrigen wundert es ihn, daß die anderen Mieter im Haus ungestört weiterschlafen und keiner der Nachbarn – in dieser dichtbesiedelten Straße – aufmerksam geworden ist. Am Ende ist die Polizei bereits verständigt. Unnötigerweise läuft er hinaus, beugt sich gerade über eine – wer weiß – Leiche, und er, was mehr als einmal vorgekommen sein soll, der lediglich zu helfen beabsichtigt hat, wird ins Gefängnis geworfen, als Mörder zu einer lebenslänglichen Strafe verurteilt. Denkbar ist auch, daß derjenige, welcher eben noch wimmerte, der eigentliche Täter ist: hat einen harmlosen Menschen angegriffen, diesen zu berauben, doch hat sich der Angegriffene als stärker erwiesen. Hagelkörner peitschen Molls Gesicht: Völlig belanglos, alles ein Traum.

Kristallene Strände

Als der sechslöchrige Waschbeckenausguß rotbraungefärbte und träge sich windende Zahnpastaspucke verschluckt, träumt Moll sein Erschrecken aus: Gekettet an die Gewahrsam eines Zwingers aus surrenden Überwachungsgeräten und eingebettet in Blumenwelke, gesäuertem Schweiß und Stunden, die nur zäh wegfaulen, ist er außerstande, sich ihrer Fürsorge zu erwehren und sich aus Furcht vor diesem Sterben das Leben zu nehmen. Dabei war immer beschlossen gewesen, beim geringsten Anzeichen für eine solche Erkrankung in allen schnell erreichbaren Apotheken die kleinstdosierte Packung Tabletten zu kaufen, was keinen Argwohn erregen würde, daraufhin einen Waldwinkel, abseits der Spazierwege ausfindig zu machen, mit den Händen eine Grube auszuheben und nach Beendigung dieser Arbeit die Tabletten, aufgelöst in Schnaps, zu schlucken; sodann sich zu ruhiger Kofferradiomusik mit lockerer Erde zuzudecken – was ihm im Klinikbett bleibt, ist gottverlassen zu grinsen: Pflegepersonal und beileidsbekundende Besucher wissen es als Beleg hilfloser Dankbarkeit zu deuten und sind zufrieden mit sich.
In der lauherzig gehegten Hoffnung, die seit langem irgendwo zwischen Lungenenden und Zahnfleisch vermutete Geschwulst wenn nicht beseitigen, so doch wenigstens betäuben zu können, spült Moll Rachen- und Mundraum achtsam mit warmem Wasser aus. Augen abgedichtet, speit er die Flüssigkeit ins Becken, verläßt danach eilzerfahren das Badezimmer.

Aus dem Keller zurück, wo er das bierbesudelte Bettlaken

und Kopfkissen im Mülleimer verstaut und mit darübergestreuten Essensresten und Plastiktüten voll Senfglassplitter vor den anderen Mietern getarnt hat, setzt er die Säuberung der Wohnung fort, öffnet die Fenster, kratzt Scherben, über die der Staubsauger wirkungslos hinweggeglitten ist, da sie in den Teppich festgetreten sind, mit den Fingernägeln los; läuft in die Küche, wäscht zwei Messer, einen Teller, den Aschenbecher ab. Wechselt erneut ins Wohnzimmer hinüber, suchend blickt er sich um. Nachdem er der Fotografie, welche er als einzige Wandverzierung mit einer Heftzwecke neben den Lichtschalter gehängt hat, ansichtig geworden ist, entfernt er unter Zuhilfenahme eines Papiertaschentuchs die Staubschicht: Sein Vater und dessen Arbeitskollege prosten, Schnapsgläser in Fäusten, einander zu – Moll, siebenjährig, liegt vor ihnen im Gras und peilt, seine Backen geschwollen von Ernsthaftigkeit, durch das Zielfernrohr eines Gewehres –, das Foto ist stark verwackelt, weil von Prüm aufgenommen.
Sonntagmorgens durfte Moll seinen Vater früher oft zum Schrebergarten des Kollegen begleiten. Die Männer hatten sich dort über neumodische Preßlufthämmer fachverständigt und darüber, daß bei Regenwetter die meisten Unfälle im Steinbruch passierten, hatten gesoffen und auf Spatzen geschossen, deren Leichname Moll gemeinsam mit dem in der Nachbarschaft hausenden Prüm zwischen Erdbeerstauden und Kartoffelbeet bestattete: Moll schlug dann Kreuzzeichen über die zerfetzten Tiere, grummelte Laute, die er für Kirchenlatein hielt, während Prüm auf sein Kommando ›Und erlöse uns von den Sünden, Amen‹ zu stammeln hatte. Dieser war, trotz seiner vierzig Lebensjahre, Moll durchaus gleichrangig gewesen; im Krieg hatten sich zahlreiche Granatsplitter in seinem Kopf gesammelt, wovon der genarbte Kahlschädel eindrucksvoll äußeres Zeugnis ablegte. Gegen Mittag, wenn die Erwachsenen bettschwer angetrunken waren, beauftragten sie ihn, in einem Bastkorb Brunnenwasser zu holen, um darin ihr Bier zu kühlen. Gehorsam machte er sich auf den Weg, doch so schnell er auch lief, stets brachte er zur Belustigung

lediglich einen triefenden Korb. Unbeirrt war er immer zigmal die Strecke vom Ziehbrunnen zum Garten entlanggehastet, bis er sich verausgabt auf dem Boden wälzte.
Eines Sommermorgens waren Polizisten vorgefahren. Sie hatten jeweils einen Arm Prüms gepackt und erklärt, er käme in die Anstalt, da habe er es besser. Willig war er ihnen gefolgt – hatte Moll, der den fahrenden Wagen schreiend einzuholen versuchte, sogar zugewinkt. Vater hatte für die Dauer eines Fluches in die Richtung des Autos gezielt, schwenkte dann ab und erschoß eine verwehte Milchdose.
Moll muß etliche Male berichtigen, ehe das Bild, aufgrund seines Hinwegwischens in eine schiefe Lage gerutscht, wieder annähernd gerade hängt.

Nach Plan ißt er seit Tagen den Kühlschrank leer, da er diesen abtauen lassen möchte, um ein Ausdehnen der Eiskruste, welche sich an den Innenwänden des Geräts gebildet hat, zu verhindern.
Den Rest einer Tube Tomatenmark preßt er in Form pfennigstückgroßer Tupfer über zwei Gurken aus, häuft löffelweise Brombeermarmelade auf eine Käsescheibe, bestreicht Brot mit geräucherter Leberwurst, deren Pelle schimmelpilzig geschwürt. Den Zeitungsbericht zum gestrigen Zweitligaspiel lesend, mischt seine Zunge Salziges mit Süßem. Gedankenabhanden kratzt er Schorf von einer Schnittverletzung am Unterarm ab, einem Überbleibsel aus der Fabrik, und steckt ihn in den Mund. Zwischenzeitlich unterbricht er die Betrachtung der Fußballtabelle, schaut in den offenen Bauch des Kühlschranks, freut sich an dessen vollständiger Leere und dem leisen Brodeln von schmelzendem Eis. Bei der Schlußfolgerung des Trainers angelangt, diese Niederlage habe ihm wichtige Erkenntnisse bezüglich der Offensivtaktik seiner Mannschaft vermittelt, bemerkt Moll gereizt, daß sich winzige Schorfteilchen in einem Backenzahnspalt festgesetzt haben. Der Versuch, mittels eines angespitzten Zündholzes das lästige

Hemmnis aus dem Weg zu räumen, endet fehl. Der Stocher hat lediglich eine rötliche Färbung angenommen. Moll weitet seine Augen, doch verwehrt das Küchenzwielicht eine genaueste Bestimmung, ob Tomatenmark-, Brombeer- oder Blutspuren zutage gefördert worden sind. Auf die Rückseite eines Kontoauszuges kritzelt er ›Glühbirne, mindestens hundert Watt, besorgen‹, unterstreicht ›mindestens‹ dreifach, beschwert den Zettel mit dem Gurkenglas, und zwar derart, daß die Buchstaben deutlich erkennbar bleiben.
Er geht zum Schlafraum und beginnt nach kurzer Bedenkzeit, seine im Schrank gestapelte Wäsche neu zu ordnen. Wieder einer der fadenscheinig vorgeschobenen Beschäftigungsversuche, um das Nichtbeschriften behördlicher Formulare, die unter anderem Dauer und Art des gekündigten Beschäftigungsverhältnisses erfragen, zu rechtfertigen.

Am ersten August vor acht Jahren hatte er angefangen in der Fabrik. Als er aus dem Bus sprang, roch es nach Morgenregen, der, noch bevor er das Pflaster berühren konnte, bereits verduftet war – wenige Meter weiter schon töteten Wolken aus Gummi diese Betörung ab. Pulswellen gegen die Magenwand, ließ er sich von unter dem Arm geklemmten Brotbeuteln leiten, empfing im Personalbüro die Stempelkarte, versehen mit seiner Kennummer – 1794/12 A –, deren ungewohnte Scharfkantigkeit ihm in seinem aufgeregten Übereifer eine Kerbe ins Daumenfleisch zufügte. Ersten Hohn befürchtend, verbarg er das Mißgeschick, indem er die stark netzende Versehrung in die rechte Hosentasche tauchte. Der Vorarbeiter hatte ihn am Pförtnerhäuschen abgeholt und herablassend gegrinst. Nachdem er sich ausgiebig an Molls Schüchternheit geweidet hatte, fragte er: »Wie lange willst du denn bei uns bleiben? Einen Tag, oder zwei?« »Für immer«, hatte Moll erwidert mit größtmöglicher Aufrichtigkeit, und weil der Mann daraufhin sein nikotinrostiges Gelächter über ihn ausschüttelte, bekräftigte er: »Ja, wirklich.« Um

nicht als empfindlich eingestuft zu werden, gehorchte er dem Rat seines Vaters und lehnte demzufolge das Angebot, sich beim Magazinverwalter kostenlose Schutzhandschuhe zu besorgen, ab. Klafk, seit Wochen eingearbeitet, erklärte den Tagesablauf, ohne ein Wort mehr als nötig zu verlieren, und Moll wäre es zur Bekundung seines Einsatzwillens recht gewesen, hätte er zehn Materialplatten gleichzeitig statt einer durch die Walze schieben müssen. Abends rief der Schichtführer ihn ins Büro und sagte, er habe ihn beobachtet und sei sehr zufrieden mit ihm. »Machst du so weiter, werde ich mich dafür verwenden, daß du noch bessere Arbeit kriegst und mehr Lohn. Ihr zwei an der Maschine, das ist ja nur für den Anfang. Weiter so!« Beiseite hatte Moll geblickt, die ihm gewogene Stimmung allein von der Tatsache abgeleitet, daß der Meister anderentags seinen Italienurlaub antrat. Durch das Lob dermaßen unter Erfolgslast gezwängt, wünschte er, der Vorgesetzte möge von Haien zerfleischt werden.
Die Frage nach ›besonderen Fähigkeiten‹ durchkreuzt er, ebenfalls berühren ihn keine sonderlichen Wünsche oder Vorstellungen betreffs einer neuen Beschäftigung. ›Fremdsprachenkenntnisse‹ sind nicht vorhanden. Trotzdem läßt er die Spalte, die ihn ärgert, nicht offen, sondern trägt ›Chinesisch‹ ein und bewertet seine Spracheignung mit ›Sehr gut‹.
Ein Kinderspiel war es gewesen, besonders in Zeugniszeiten oder vor Prüfungen, eine beliebige Bibelbuchseite aufzuschlagen und die ersten fünf auf dieser Seite verzeichneten Worte dahingehend zu untersuchen, ob jedes einzelne Wort eine gerade beziehungsweise ungerade Buchstabenzahl beinhaltete. Als gutes Vorzeichen wurde geweissagt, bestanden wenigstens drei Worte aus einer geraden Buchstabenreihung. Pastor Wiep, der den geraden ›Gott‹ schätzte und den krummzahligen ›Satan‹ verteufelte, hatte seinen Schülern diesen Fingerzeig zur Schicksalserforschung gegeben. Moll liest: ›Schulzes Salzgurken nach bewährter Hausfrauenart‹ – drei zu zwei bleibt unterm Strich.
Nicht willens, sein knappes Glück leichtfertig zu verscherzen,

tilgt er die hervorragenden Chinesischkenntnisse mit Hilfe schmierigblauer Kugelschreibertinte.

Um den zunehmend ärger wallenden Völledruck – als habe er sich mit Sahneschokolade überfüttert – abzulenken, hat Moll den Fernsehapparat eingeschaltet und sich im Abstand von einem dreiviertel Meter zum Geschehen der Länge nach auf dem Teppich ausgestreckt. Zu dieser Tageszeit wird allenfalls die siebenundzwanzigste Folge eines Sprachkurses geboten: »Ohschordwieh«, sätzt er die schwarzlanghaarige Französin Mitte zwanzig nach, und »Schattongdräh«. Gähnend reibt er seine Nasenspitze. Verbrauchte Heizungswärme hat die Schleimhäute mürbe trocknen lassen, draußen vor dem Fenster rieseln zappelige Schneeflocken. »Mwa nong«, sagt Moll.

Zaghaftes, leise bemessenes Pochen an der Wohnungstür. Er springt angespannt auf, will den Fernsehton löschen, schiebt den Lautstärkeregler aber zur rechten, der verkehrten Seite, so daß die französische Frauenstimme bösartig grellt.

»Verzeihen Sie bitte«, lächelt die alte Haardt, die das erste Stockwerk bewohnt und die, ihrer nachdrücklichen Wortbetonung nach zu urteilen, früher einmal Operettensängerin gewesen sein könnte, »verzeihen Sie, aber ich war drei Wochen verreist. Könnten Sie vielleicht die Koffer tragen, das wäre sehr nett. Der Taxifahrer war so unfreundlich, deshalb . . .«

»Moment«, sagt Moll. In der Eile kann er seine Schuhe nicht finden. Da er die Frau nicht warten lassen möchte, stapft er auf Strümpfen die Treppe hoch, Zehen einwärts gebogen, ihre Bloßstellung durch nicht wenige Löcher notdürftig zu vermeiden.

Während sie aufschließt, streift sie mit einem Blick seine Füße und sagt: »Ich wollte nicht stören, wissen Sie. Aber ich hörte Stimmen bei Ihnen, und da dachte ich, vielleicht ist der Herr in Parterre tatsächlich zu Hause, wo der doch tagsüber immer weg ist.« Stirnfalten zu einem Fragezeichen gekrümmt.

»Jaja«, nickt Moll, »ich bin krankgeschrieben, nichts Schlimmes.«
»Ach, das tut mir leid, was ist es denn?« Ihr Mund verjüngt sich zu einem Strich; Moll muß nachdenken. Irgendeine Krankheit, die sich nicht beim ersten Hinsehen erkenntlich zeigt. ›Leber‹, hätte er fast gesagt, doch wähnt er dies als zu verfänglich. Anstaltskarg ihre Behausung; Mottenpulvermief, und Blankgescheuertes strotzt unbewohnbar.
»Die Nieren, aber nichts Schlimmes.«
»Die Nieren?!...«
»Dann geh ich mal wieder«, bevormundet er sie. »Und wenn was sein sollte, ich helfe gern.«
Er hält sich am Geländer fest, um nicht auf der bohnergewachsten Treppe auszurutschen.
»Keinen Kaffee?« ruft sie.
Mittels zutraulichem Heranwinken lädt ihn die Französin ein, sie bei einem Telefongespräch zu belauschen. Weil Moll sich jedoch nicht mit ihr verständigen kann, blättert er in einem gilbenden Wildwestheft, das er beim Aufräumen hinter der Schrankwand entdeckt hat. Nach zwei, drei Seiten Lesens geht ihn der Pferdediebstahl, angeblich von Indianern verbrochen, die der geschädigte Ranchbesitzer ›räudig‹ nennt, nichts mehr an. Fesselnder findet er die Reklame zum Schluß des Heftes: Pasten, gemixt aus asiatischen Heilkräutern, bescheren ausdauernd mannkräftiges Liebesglück und eine Brille, durch die zum Preis von knapp zwanzig Mark jede Frau hüllenlos erfaßt wird – zu jeder Tages- und Nachtzeit, wie hunderttausend begeisterte Dankesschreiben zufriedengestellter Kunden beweisen.
Verschrägt, die Backenhaut pustelgefleckt, klebt Moll wie auf dem Sitz der Behördentoilette fest, der sich unangenehm warm anfühlte von verbliebenen Dünstungen des Vorbenutzers. Rauschen in Molls Hörgängen pulsierte bei jedem Preßdrang heftiger. Um eine Linderung zu erfahren, ersann er Fluchtwege. Den Mantelkragen hochgekrempelt, ähnlich einem Kommissar aus alten englischen Kriminalfilmen, wedelte der

Sachbearbeiter auf offener Straße mit zu beschriftenden Papieren. Sein gestutzter Kinnbart wirkte wie angeklebt. Moll rannte weg, durch eine ellentief verdunkelte Öde, floh in einen Hauseingang. Die Tür jaulte auf, dahinter griff der Verfolger in seine ausgebeulte Manteltasche. ›Nein‹, schrie Moll und hörte sich atmen, ›ich will mir keine Unterstützung erschleichen, ich will arbeiten . . . wirklich‹. Einen Stapel Formulare zückte der Sachbearbeiter erneut, hielt sie unbeirrt und stetig auf Molls Brust gerichtet. Sie raschelten im hartnäckigen Auf- und Abschwung, dazu gab das Gegenüber Zweckdienliches zu bedenken. ›Nein‹, sagte Moll, versuchte sich an einem mildernden Lächeln, flüchtig.

Verhaltenes Knurren: In der Toilettenvase längte sich eine grünliche Kotwurst, bestehend aus fünf Raupengliedern, durch sehr dünne Nähte verbunden.

Er hat die Brille aufgesetzt und spricht der Lehrerin, ihr weiches Fleisch übermannend, »ruhsch eh blöh« nach; wortgewandt züngelt sie, steuert die hervorschießende Samentunke auf das den Teppich schonende Schneuztuch.

Einlaßforderndes Läuten verpaßt ihm einen Peitschenhieb. Die Hose kniehoch gerafft, kriecht er vierbeinig, wirft sich unter den Wohnzimmertisch in Deckung. Ein Aufprall, metallisches Nachhallen und der Sprachkurs weggeblendet: Klaviermusik überbrückt. Gemutmaßte Augenpaare, meuchlings an die Fenster geheftet, um ihn aufzuspüren: Auf dem Bauch liegend, in Erwartung folgender Geräusche preßt er mit den Nägeln beider Daumen in die Gehörgänge – der Schmerz, einer Verbrennung ähnlich, erinnert ihn an seinen Vater.

›Wo bleibst du!‹ würde die Mutter in den Pausen, die ihr die Tränen zum Atemschöpfen gewährten, schreien, ›er hat einen Schlaganfall bekommen, er wird sterben!‹; unverhohlen vorwurfsvoll, als sei er, Moll, der Urheber dieses Unglücks.

Moll beschließt Vorkehrungen gegen sein Unvermögen, Trauer glaubhaft sichtbar zu machen. Er wird, sobald er sich aus seinem Versteck hervorgewagt hat, das Telefonkabel durchtrennen.

Am ersten Mittwoch eines jeden Monats hört Moll nach Schichtende den Neuigkeiten des Frisörs zu. Jener, kranzbeglatzt und etwas magersüchtig, dient montags, wenn sein Salon geschlossen ist, den männlichen Insassen eines Altersheimes anspruchslose Topffrisuren an. Vermöge dieser Tätigkeit ist er hochbewandert im Umgang mit Krankheiten, die auf mannigfaltigste Weise zum Tode führen – für ihn das unerschöpfliche Thema seiner Alleinunterhaltung. »Gehirnschlag«, meint er immer, mit abgebrühter Miene über den ungepflegten Kittel streichend, »ist das beste. Sich abends ins Bett legen und nicht mehr wach werden. Aber Krebs, das dauert verflucht. Schmerzen, kann kein Morphium bändigen. Darf man gar nicht erzählen, was ich auf dem Gebiet schon alles erlebt habe«. Angeblich ist ihm vor Jahren ein Greis unter der Schere weggestorben, ganz einfach und beneidenswert.
»So früh heute, Herr Moll?« fragt er mit geprobt schmeichelsamtener Geschäftsstimme, während er verzückt einschläfernd duftende Pomade auf den Schopf eines Geschorenen barbiert. Moll errötet. Und obwohl er weiß, daß der Spiegel, zweckmäßig gedübelt an die Wand gegenüber dem alten Frisierstuhl, vor unerwünschter Beobachtung nicht erblindet, versucht er dennoch, sich hinter einer Zeitschrift unnahbar zu dösen. ›Weder Quertreiberei noch Streitigkeiten mit Kollegen, keine unentschuldigten Fehlzeiten, ein gleichmäßig sachliches Auskommen mit den Vorgesetzten‹, redet er sich beruhigend selbst zu. Aus dem durch eine Schiebetür abgesonderten Damensalon schlüpfen Wolken haarfestigender Riechsalze, wellenlang plaudert ein Radio, Schlagzeilen, hart auf weiß, bestätigen Flugzeugtrümmer und Scheidungsgerüchte um ein amerikanisches Filmschauspielerehepaar, zum fünften Mal überlesen: Ehekrise, Ölkrise, Wetterkrise. ›Diese verdammte Krise, verstehst du?‹ hatte das nicht einer vom Betriebsrat am letzten Arbeitstag zu ihm gesagt?

»Zufrieden?« heischt der Frisör, umkreist mit einem Handspiegel die Nackenschur des Kunden. Dieser zuckt die Schultern, murmelt.
»Wie der Herr wünschen ...« Eine widerborstige Strähne wird begradigt, der Scheitel neu in Form gepflügt, der Kunde aus dem Laden gedienert.
Der Frisör, der, wie Moll veranschlagt, seiner ungeteilten Komplizenschaft gewiß ist, sucht mittels polterlistigem Spiegelblick Molls Augen: »Der vor Ihnen dran war – arbeitslos und spielt sich hier als feiner Herr auf. Immer was zu nörgeln.«
Vielleicht wird, malt sich Moll aus, er bald auf einer Parkbank liegen, mit Zeitungspapier zugedeckt, oder sich über dem Entlüftungsschacht eines Kaufhauses, Kopf zwischen den Knien baumelnd, an stickigen Schwaden erwärmen. Leere Bierflaschen in einer durchlöcherten Plastiktüte, wird er das Pfandgeld ausrechnen.
»... Hab ich nicht recht?« drängt es. Sirupglitschig Molls Nackenbehaarung, ebenso die zellstoffumwickelte Kopfstütze. Ein Blutstau in seinem Gesicht beult dieses, von allen Seiten bespiegelt, aus. »... meinen Sie nicht auch?!« brüllt es.
Angesichts der unfertigen Beschneidung, die ihm aus den Händen gerissen worden ist, erleidet der Frisör einen jähen Wortsturz.

Moll, seinen zertalten Haarschnitt sowie die untere Gesichtshälfte mit einem Wollschal vermummt, beobachtet, im Umfeld einer Fußgängerampel stehend, deren Augen ihm immerfort zuzwinkern, zwei Männer beim Entladen von Bierfässern. Kaum befassen die Fingerkuppen des auf der Ladefläche Turnenden die zentnergewichtige Fracht, schon rollt sie eine sorgfältig vorbestimmte Bahn aus und fällt auf ein den Prall besänftigendes, mit Sägespänen staffiertes Kissen, wo sie ohne rohe Wucht von dem anderen in Empfang gegriffen, ein-, zweimal angeschubst wird und dann, vollkommen

schwerelos, dem Kellergewölbe der Gastwirtschaft zustrebt. Die selbstverständliche Leichtfertigkeit ihrer Bewegungen zieht Moll an, ängstigt ihn zugleich: Niemals könnte er es ihnen gleichtun. Hektoliter, in einen gerundeten Holz- oder Metallmantel gegossen, würden sich ihm verstockt versagen, keinen Millimeter nachgeben; allenfalls malmend seine Füße queren.
Früher, so stellt es sich Moll nun dar, hat er kaum über Erwähnenswertes nachsinnen müssen, das meiste regelte sich unwillkürlich von selbst. Nur manchmal ließ ihn der immerwiederkehrende, zuckerverwässerte Reim eines Schlagers, den er morgens, kurz bevor er das Radio ausschaltete und sich auf den Weg machte, nicht in Ruhe; während er staubige Gummiquadrate hochstemmte, quirlte es allseits in seinem Kopf ›Wunderbar, wunderbar / es ist herrlich wunderbar‹; Schneidemaschinengestampfe untermalte die Melodie im Dreivierteltakt. Fletschte er dann auch noch so wütend mit den Zähnen oder kniff sich in Ohrläppchen und Stirn – alles war herrlich wunderbar, bis sich der Spuk, regelmäßig gegen Feierabend, verflüchtigte.

Moll steigt in einen Bus, den er bereits nach kaum hundert Meter Fahrt wieder verläßt, da der Wagen auf Grund des schneematschigen Straßenbelags nur gedrosselt vorwärtskommt und sich dennoch ständig querstellt. Ohne Geduld läuft er an steckengebliebenen Autos und ihren Lenkern vorbei, die teilnahmslos auf trampelnden Füßen dastehen, durch die Zähne pfeifen und trotz des fallenden Neuschnees auf ein Wunder zu warten scheinen. Moll rudert beidarmig, gewichtet so seinen Körper aus, denn auch der Bürgersteig ist unter lockerem Weiß holprig vereist. Gedanken stricheln Marlis' Lächeln, ihre warme Umarmung – nach dreimaligem, stürmischem Läutzeichengeben fällt ihm dann ein, daß sie seit Stunden im Modegeschäft arbeitet.
»Alles?« hakt der Sparkassenbedienstete nach. »Ihren Personalausweis, bitte.«

»Ja«, sagt Moll; durch die Glastür besehen, schürfen Anlieger atemsprühend Eis und Schnee beiseite.
Er schert aus der Leuteströmung aus, hält vor dem Schaufenster des Fischgeschäfts inne. Münder, die sich in Rollmöpse, mayonnaisesahnig, verbissen haben, wecken sein Verlangen. Er münzt Geldstücke zurecht, doch plötzlich fremden ihn die Worte ›Rollmops‹ und ›Mayonnaise‹ aufs lächerlichste an, als habe er sie eben erst erfunden und könne anhand ihrer niemandem sein Begehren begreiflich machen. Er geht weiter.
Abfahrtszeiten flimmern im Durchzug; »Einfach oder Zurück?« wiederholt die Schalterbeamtin.
Marlis, staunlich gegen einen buntbehangenen Kleiderständer gewinkelt: »... Das ist doch sonst nicht deine Art ...«; heißverspannte Gesichtshaut, den Blick einfältig in den Fußbodenbelag gebohrt: Moll.
›Aber unsere Samstage‹, möchte er beteuern, doch fällt ihm ein, daß sie oft, auch in Anwesenheit anderer, von seiner Unbeweglichkeit gesprochen hatte; einer Untugend, die sich ihr, je nach Gelauntsein, als läßlich oder über die Maßen ärgerlich darstellte. Wurde sie dann gewahr, wie Moll von ihr abrückte und jegliche Berührung angestrengt vermied, fügte sie meist rasch hinzu: ›Aber manchmal kann er ganz anders sein, richtig witzig sogar.‹
Sie streicht ihm übers Haar, obwohl ihr bekannt sein müßte, daß er diese Gebärde ihrer Mütterlichkeit pesthaßt: »... Paris ... aber weshalb gerade heute? Wir können doch jetzt nicht einfach, versteh doch ...«
»Vergiß es«, sagt Moll. »War nur so eine blöde Idee.«
Der erste Verkäufer – bisher hat er, wenig abseits, Unsichtbares zwischen beiden Daumen und Zeigefingern zerquetscht – tuschelt, ob sie noch lange im Beisein der Kundschaft ihr Privatgespräch fortzuführen gedächten.

Keine noch so waghalsig ausgetüftelte Beschleunigungskurbel oder schwenderisch gedrechselte Heckflosse bietet sich Moll als Nährboden für Schwärmereien an. Das einzig Reizvolle, das er Automobilen, neben dem Umstand, daß sie zur Beförderung von Personen und Lasten geeignet sind, abgewinnen kann, sind ihre Länder- und insbesondere, da um ein Vielfaches häufiger zu sehen, ihre Ortskennzeichen. Er, dem das Benennen selbst gängigster Automarken und -typen kaum zumutbar wäre, kann mit Gelassenheit das Nationalitätskürzel ›SF‹, beispielsweise, Finnland zuordnen. Ja, Moll – Zuschauer ungezählter international beschickter Sportübertragungen – ist sogar die Aufschlüsselung des Vorderbuchstabens ›S‹ als stellvertretend für ›Suomi‹, wie Finnland in der finnischen Sprache geheißen wird, überaus vertraut. Das nachrangige ›F‹ kommt, seinem Dafürhalten nach, minder Sport- beziehungsweise Kennzeichenbegeisterten erleichternd entgegen. Nun rechtfertigt sich der ursächliche Anstoß für sein beschauliches Interesse nicht mit einer schwermütig ausufernden Sehnsucht nach fremden Ländern. Es stellt vielmehr das Unterfangen dar – denkbar wären ihm andere, vielleicht ergiebigere –, sich die Zeit als Beifahrer in einem, vor allem winters, schlechtbelüfteten, zudem unfallträchtigen Blechzwinger möglichst abgelenkt zu vertreiben: Ob der Beengtheit der Wagenräumlichkeit und der unabdingbaren Konzentration des Fahrers auf Straßenlage und mechanische Steuergriffe redet man sich in Gesprächen sowieso nur auf Nichtiges hinaus. Bei Mitfahrten quer durch die Stadt oder nähere Umgebung, die selten durch das Auftauchen fernländischer Gefährte aufgewertet werden, erfreut Moll sich hiesiger Kennschilder, die eine Wortkombination erlauben, etwa SI-EG oder DU-MM. Er genießt die Verwunderung des jeweiligen Lenkers, hat er lockererhand auf ein überholendes Auto verwiesen und die Ortsabkürzung ›COE‹, ein anspruchsvollerer Schwierigkeitsgrad, erklärt.

Obwohl das Fahrzeug – unweit der großen Kaufhäuser in einer dämmerlichtigen Nebengasse parkiert –, welchem er

mit einem gezähnten Wohnungsschlüssel kratztiefe Scharten spachtelt, wegen der auf ihm vereisenden Schneeschicht seines Glanzes beraubt ist, hat Moll, zeichengeschult, ohne Mühe feststellen können, daß es und mithin sein Besitzer Klafk ihm höchstbekannt sind. Während er kreisum Spuren hinterläßt, fallen ihm Feierabende ein, an denen er sich, genüßlich und in Ruhe, zu Radiogeräuschen – belanglos, ob Schlagerparaden, Politikergeschwafel oder der Landfunk gesendet wurden – an den vorletzten Seiten seines Taschenkalenders fortgebildet hatte: Flaggen, daneben Verkürzungen und ihre Bedeutung. Nachdem er den Antennenzapfen abgeknickt hat, ist er versucht, sich ebenfalls der Scheibenwischer zu bemächtigen, doch scheidet ein wenig entfernter Einkaufsmarkt, dessen Bedachung von einer protzig strahlenden Weihnachtstanne verschönt wird, in diesem Moment einen Schub Bepackter aus – darunter Frau Vokt, Bewohnerin der zweiten Etage. Moll war ihr des öfteren beim Tragen des Kinderwagens über Treppenstufen hinweg behilflich gewesen. Da er sich ihrer Erwartung sicher glaubte, hatte er sie manchmal gebeten, einen Blick auf ihr Kind werfen zu dürfen. ›Süß‹, hatte er gelogen, ›wirklich süß‹. Neulich war er ungewollt Zeuge geworden, wie Frau Vokt sich bei der alten Haardt über die Aufdringlichkeit der Leute beklagte. Allen müsse sie ihr Kind zum Beglotzen hinhalten, und alle sagten dann affenartig: ›Süß, wirklich süß‹.
Moll wickelt seine Augen in den Schal, entkommt unerkannt. Auf Autobahnen hat man selbstverständlich die größte Aussicht auf Erfolg: In das bequeme Polster des Rücksitzes quartiert, sah er erst jüngst ein schwarzes ›U‹ auf weißrundem Grund einer Ausfahrt zustreben – ›U‹ wie ›Uruguay‹; eine sondermalige Bereicherung seiner Sammlung.

Moll plumpt an der Kellnerin vorbei, die ihm mit knappem Lächeln ein Glas Sprudelwasser serviert hat, hört Nebentischgespräche jäh abbranden, spürt Blicke. Nachdem er sich zur

Erleichterung gebracht hat, fällt ihm, als er seine Hände gegen die Strömung des Heißlufttrockners reibt, auf, daß sich Teile der Hornhautballen, seit acht Jahren unterhalb der Fingerwurzeln befindlich, fasernd ablösen.
Hinter qualmbeschlagenen Fensterscheiben hat es wieder zu schneien begonnen. Jedesmal, wird die Kneipentür von einem neu Hinzukommenden aufgestoßen, wächst Molls Hals dem kurzfristig eindringenden Luftkreisel entgegen; mehrmals schon ist er aufgesprungen, weil er Marlis zu erkennen geglaubt hat.
Nach Stunden vergeblicher Erwartung läßt neu aufgelegte Schallplattenmusik sein Blut Kehrtwendungen strudeln: Allein die Gleislinie entlang im gleichmäßigen Schritt, Stille satt, aber niemals bleiern. Aus Abendnebeln steigt englisch Gesungenes über die treulose Geliebte, in das sich Klavier und Gitarre, allsaitig verstimmt, einfühlen; die Gleislinie entlang, zählt er Schienenschwellen, ohne daß er sich zu erklären brauchte –

Moll schaltet eine Kochplatte des Elektroherdes an, wartet, die Zigarette ungeduldig zwischen Daumen und Zeigefinger rollend, auf ihr Glühen. Sein Feuerzeug hat er verlegt, alle Streichhölzer sind aufgebraucht. Lustvoll rauchend, beugt er sich wieder über den Küchentisch, zerreißt dann den Brief an Marlis, in welchem er ihr die Auflösung ihrer Beziehung mitgeteilt hat. Auf einem anderen Blatt erklärt er ihr nun, zunächst verblüfft über die Leichtigkeit, mit der ihm Sätze gelingen, ihre geschmeidigen Lippen fehlten ihm sehr, die Geborgenheit, die er in ihrer Gegenwart verspüre. Seine Arbeitslosigkeit sogar gesteht er ein, Grund seines eigenartigen Verhaltens während vergangener Wochen, doch sei spätestens zu Beginn des neuen Jahres Anlaß gegeben, der auf eine grundlegende Wendung der Dinge hoffen lasse. Überhaupt müsse sie ihn erst richtig kennenlernen, an sich sei er kein übellauniger Mensch, beispielsweise habe er früher die Gäste seiner

Stammkneipe für kostenlos ausgeschenktes Bier damit unterhalten, tischzierende Blumen zu verspeisen, mit Vorliebe Tulpen. »Keinesfalls aber«, schließt er, »will ich dich zwingen, unsere Beziehung zum Guten zu ordnen. Falls du kein Interesse mehr an mir hast, werde ich weder enttäuscht noch böse sein.«

In höchster Eile, ohne das Schreiben noch einmal gelesen zu haben, läuft er, zuweilen in übertriebene Hüpfer ausbrechend, zum Briefkasten. Zurückgekehrt, erfährt seine Freude einen leichten Schatten: Hat er doch insgeheim gehofft, bereits eine Nachricht von ihr vorfinden zu können.

Als er gegen vier Uhr morgens Mütze, Schal und den eisregendurchnäßten Mantel an die Garderobe hängt, ist er schier überzeugt, daß seine Tintenschrift völlig unkenntlich verwischt und, sofern sein Tun von spätnächtlich Schweifenden belauert worden ist, ihm das gleichgültig sei.

Siebzehnmal ist er die ungefähr dreihundert Meter lange Strecke von der Küche zum Briefkasten und zurück zur Küche gerannt, hat ungezählt oft in Voraussicht des Schmerzes, den das kalte Wasser seinen Zähnen zufügen würde, das Gesicht verzogen, bevor er die Konservendose zum Mund geführt, diesen prall gesogen und die Flüssigkeit darauf durch den Seitenschlitz in den Bauch des Kastens gespuckt hat.

An einem Mittwoch mit rotgrün gestreiften Wolkenflusen und Schneeschlick vor dem Fenster beschließt Moll in aller Helle, den Samstag – verändert zwar – wieder einzuführen: Ein Bandgerät wird er kaufen, welches den Originalton von damals leisten muß, dieses sodann unaufhörlich mit ›A Whiter Shade Of Pale‹ bespielen. Ferner wird er Kerzen aus weißem Wachs brauchen und Whisky einer besonderen Marke und Noras Parfüm, das ihn beflügeln wird; die Beschaffung wird Ausdauer verlangen, aber nicht unlösbar sein. Samstagmorgens wird er die Küche kellerdunkel verhängen, die Kerzen anzünden, Whisky trinken. Seine Mundwinkel verrenkend,

wird er versuchen, die Gedanken zurückzurufen, die ihn anfielen als Nora ihn sanft die Treppe hochschleifte. Sagen wird er: ›Ich liebe dich‹.
Weil Moll noch vor Passieren der Drehschranke seinen Mantel aufknöpft und zusammengefaltet in den Einkaufswagen legt, ist er zuversichtlich, von der Beschattung durch Warenhausdetektive verschont zu bleiben. Rasch findet er das Regal mit dem benötigten Whisky. Weil es mißverständlich auf die Kassiererin und die anderen Kunden wirken könnte, sich zu früher Stunde mit hochprozentigem Alkohol zu versorgen, verharmlost er die Flasche durch drei Tüten Magermilch, die er nach Verlassen der Lebensmittelabteilung in einen Abfallkorb werfen wird.
Bevor die Kassenangestellte die zu entgeltende Summe nennt, greift sie nach dem Mantel und schüttelt ihn eindringlich – ein angebrochenes Päckchen mit Kondomen fällt heraus, klemmt fest zwischen der Whiskyflasche und einer sie umstellenden Milchtüte. Mit der Energie des zu Unrecht Beschuldigten hätte Moll nun auf die Unbefugtheit dieses Vorgehens hinweisen und Genugtuung fordern müssen, aber jetzt, da der Verdacht offenbart worden ist, vermag er nicht mit letzter Sicherheit auszuschließen, daß er doch – unwissentlich – etwas gestohlen haben könnte.

Noch will es dem Händler nicht glücken, stracks an ihm vorbeitreibendes Gedränge ins anhaltende Stottern zu bringen, unbedingte Voraussetzung eines Verkaufserfolges. Unter der mickerzähligen Schar, die ihn aus unverbindlicher Entfernung wirsch grinsend beobachtet, befindet sich – jedes Zweifeln ist unangebracht – Klafk. Das schmale Oberlippenbärtchen ist neu an ihm.
Mitten auf der Straße, zwischen einer Sexboutique und einem Schallplattengeschäft, aus dem ein konservierter Kinderchor nach festtäglicher Läuterung schreit, ist der Stand aufgebaut. Der Tisch, zu beiden Seiten durch Sonnenschirme gegen Schnee

und Eisregen wetterfest gemacht, trägt einen Teppich sowie Schachteln mit Tuben, die, bundweis billiger, erworben werden sollen. »Zu Weihnachten schon an den Osterputz denken!« singsangt es in ein lautstärkendes, vors Kinn geschnalltes Mikrofon. Alle Eide auf das Wirken des von ihm feilgebotenen Reinigungsmittels ableistend, schüttet der Händler feingesiebten Kohlestaub über den Teppich aus, schmiert Margarine und Sirup hinzu und gibt an, den Schmutz kraft einer Schaumflocke weghexen zu können. Unbeeindruckt geht die Mehrzahl der zögerlich verstreuten Zuschauer weiter; sie hinterlassen Lücken, die nicht geschlossen werden. »Jeder braucht auf jeden Fall ...«, nörgelt der Verkäufer hinterher, seine Finger massierend, um sie zaubrig fix zu halten.
Ehe Moll aus dem Sichtschutz vorgelagerter Zuschauer heraustritt, wirft er die erst zur Hälfte gerauchte Zigarette fort, zündet sich eine unverbrauchte an.
»Sonst alles in Ordnung?«
»Ach, du bist es ...«, sagt Klafk. Weiterhin starrt er auf Hände, die trotzig in einem Schmutzbrei matschen, Schaum sprühen, schaben. »Versteh ich nicht, daß ein Kerl sich für sowas hergibt. Ist doch was für Weiber, sowas.«
»Vielleicht ist er schwul«, sagt Moll, zufrieden, heitere Widerworte gefunden zu haben.
Eine dicke Frau, zur Sicherheit hat sie ihre Füße unter zwei schwerbeladene Einkaufstaschen geschoben, kichert spitz; jemand, noch an seinem Lachen würgend, drückt Molls Arm, schwitzt: »Das war gut, sehr gut!« »Was hat er gesagt?« rufen andere hektisch.
Auf Moll zeigt man, der sich, unversehens in den Mittelpunkt vorgeschoben, in Zigarettenrauch einzuhüllen versucht. »Schaffst es auch alleine an der Maschine, nicht wahr!« weicht er auf Klafk aus, als er den Händler mit zorngeballten Fäusten auf sich zu bewegen sieht.
Hechelnd, zischlaut und dunkelbraun nach Currysoße riechend krallt sich jener in Molls Mantelkragen, zerrt ihn fort im poltrigen Tanzbärwalzer, seinen Hals umklammernd.

Spät und schleichend nur beginnt das Erwachen. Seitdem er ebenfalls die Gurgel des Händlers mit beiden Händen zudrückt, sieht er rings um eine Nase gestreuselte Pickel, talgglänzend und schwärend, hört sich verschnellerndes Keuchen, je eindeutiger wird, daß kurzfristig kein kampfentscheidender Vorteil errungen werden kann, bis nur noch ohrentaubmachendes Knacken von dem jetzt lose pendelnden Mikrofon wiedergegeben wird – was stetig mehr Leute veranlaßt, aufmerkend innezuhalten, sich vom Zuschauerhalbkreis um den Verkaufsstand herum einverleiben zu lassen und, ihrer jeweiligen Veranlagung gemäß, kaum oder kräftig um die beste Aussicht zu rangeln.

Trotz der Anstrengung, derer es bedarf, ohne Atem den Gegner im Zaum und die an der Umklammerung beteiligte, linkshändig gehaltene Tasche mit dem Whisky vor dem zu Boden Schlagen zu bewahren, bringt Moll anfänglich, da sein Kehlkopf noch nicht stachelig schmerzt, ein Lächeln hervor, welches kundtun soll, alles beruhe auf der Verquickung dümmlichster Irrtümer, die jedenfalls er nicht zu verantworten habe.

Doch Zeit zergeht, mithin jeder Versuch, seine Teilhabe an diesem Wahnalb, wenn schon nicht zu erklären, so doch wenigstens zu entschulden – denn derart ist er mit dem anderen verschraubt, daß ein Ende des Kampfes, zuungunsten beider, absehbar ist. Als er endlich seine Griffe lockert, der Händler auf den Tisch zu torkelt, bäuchlings in den Brei aus Schmutz, Fett und Schaumflocken stürzt, als das Hecheln versiegt ist, weiß Moll, daß der Mann lange vor ihm von jeder Wehr abgelassen haben muß. Aufblickend, sieht er sich allein einer andachtsvoll harrenden Menge gegenübergestellt: Niemand drängelt oder schreit mehr, selbst ungewollt Hinzuwachsende – straßenbreit ist kein Durchkommen – fügen sich der Stille; allenfalls raunen die dem Vorfall zunächst Stehenden, folglich von Einsicht Begünstigten, ohne erkennbare Regung der Lippen oder des Kopfes Bericht, der reihweise aufgefangen und so bis zum Entferntesten hintertragen wird. Auch der

Chor hebt nicht mehr an, durch Verkünden der Frohen Botschaft Käufer in den Laden zu locken, nachdem er unendliche Male an einem Fehler in der Plattenpressung gescheitert ist, der lediglich »... alles schläft, einsam wacht ...« zugelassen hat. Einzig Molls Gesicht ist im Fluß, zeitgleich angstgeschwollen und notgedrungen fühlt es sich an, als er wie durch ein Schiffsbullauge die Menschenmasse erfaßt. Dennoch vermag er ein dreifaches Niesen – schamlos heftig – nicht zu unterdrücken. Durch diese Lautgebung scheinbar ermutigt, tändelt sich die dicke Frau mit den Taschen, flankiert von Klafk und einem Moll unbekannten Mann aus der ersten Reihe, zum Tisch vor und betupft zuerst ihren Dutt, dann leicht den Schopf des Leblosen.

»Wie ein abgestochenes Schwein liegt der da«, flüstert Klafk.

»Aber er blutet doch gar nicht«, wendet Moll ein.

Wohlgesetzten Schrittes bewegt sich die Gesandtschaft zu ihren Plätzen zurück; Moll entscheidet, trotz absehbarer Chancen keinen Fluchtversuch zu unternehmen – es scheint ihm bei weitem weniger auffällig zu sein, neben der Leiche stehen zu bleiben und abzuwarten. Zum Zeitvertreib denkt er an eine Geschichte Klafks, von diesem an Sonntagen nach dem Mittagessen erzählt: Wie sein Bruder, ein fanatischer Hobbyfotograph, jeden Moment der kirchlichen Trauung abblitzte, ohne Rücksicht auf das gereizte Räuspern des Pfarrers – wie jener Bruder Klafk kurz vor Beginn des anschließenden Festmahls beiseite zog und gestand, keine Filmrolle in den Apparat eingewickelt zu haben – wie sie den Pfarrer, der sich angesichts eines Fünfzigmarkscheins scheinheilig widersetzte, mit hundert Mark bestachen, die wichtigsten Bestandteile der Hochzeitszeremonie zu wiederholen und Klafks Frau bei der erneuten Ringübergabe tuschelte, es sei gar nicht mehr richtig feierlich und das teuere Essen sei wohl auch schon ungenießbar erkaltet.

Moll schrickt hoch: Die Leute haben zu johlen begonnen, klatschen in die Hände, trampeln und pfeifen. »Weihnachten schon an den Osterputz denken!« brüllt der Händler, die verdreckten Jackenärmel siegesgewiß erhoben, ins Mikrofon. Der Tisch droht samt den Sonnenschirmen umzukippen, man prügelt sich um Tuben mit wunderstarkem Schaum, verzichtet begeistert aufs Wechselgeld und gratuliert zum Gelingen der Vorführung. »Hau ab, wir sind quitt«, sagt der Händler zu Moll, gehetzt weitere Pappkartons, darin Tuben, aufreißend. Da Moll sich nicht rührt, steckt er ihm ein paar Geldmünzen in die Manteltasche, sagt: »Los jetzt, verschwinde!« Später, als der Händler mit endgültig stieren Augen zu Boden sinkt, applaudieren einige der Leute wieder, obwohl Flaschenscherben Alarm aufs Pflaster schlagen. In den Gebärden der meisten jedoch beginnt sich gelangweilte Verärgerung abzuzeichnen –

Dietmar Sous, geboren 1954 in Stolberg (Rheinland). Abitur 1973, dann 2 Jahre Hilfsarbeiter in einem glasverarbeitenden Betrieb, Zivildienst als Krankenpfleger. Seit 1977 Germanistik- und Politologiestudium. Lebt in Aachen.
1981 erschien sein Roman *Glasdreck* (Rotbuch 237).

Rotbücher, eine Auswahl

Dietmar Sous · Glasdreck
Rotbuch 237 · 244 Seiten · DM 10

Wolfgang Pohrt · Endstation
Rotbuch 267 · 144 Seiten · DM 10

Karin Reschke · Verfolgte des Glücks
Rotbuch 266 · 244 Seiten · DM 14

Irene Böhme · Die da drüben
Rotbuch 265 · 128 Seiten · DM 9

Christel Dorpat · Welche Frau wird so geliebt wie du
Rotbuch 263 · 136 Seiten · DM 9

Yaak Karsunke · auf die gefahr hin
Gedichte · Rotbuch 262 · 80 Seiten · DM 8

Anne Duden · Übergang
Rotbuch 261 · ca. 136 Seiten · ca. DM 10

Paul Gratzik · Kohlenkutte
Rotbuch 260 · 192 Seiten · DM 12

Rainer Epp, Klaus Frederking (Hg.) · Dub Version
Rotbuch 259 · 160 Seiten · DM 12

György Dalos · Neunzehnhundertfünfundachtzig
Ein historischer Bericht · Rotbuch 258 · 128 Seiten · DM 10

Matthias Horx · Es geht voran
Ein Ernstfall-Roman · Rotbuch 256 · 160 Seiten · DM 10